一日だけの殺し屋

赤 川 次 郎

徳 間 書 店

目次

闇《やみ》の足音

1

淳《じゅん》にとっては、全く不運という他はなかった。——今までコソ泥《ドロ》一つしたこともない、スリをやるほど器用でもなく、銀行強盗をやるほど度胸もない男なのである。せいぜい店先のパンをくすねたり、女学生あたりをおどして小遣いを巻き上げたり……。要するにケチくさいチンピラなのであった。

その淳がたまたまその夜、引ったくりをやろうなどと思い立ったのは、いささか安酒の酔いが回っているところへ、隣にいた客が、この辺は引ったくりや痴漢《ちかん》が多いと話していたせいだ。それくらいなら、きっと人通りの少ない場所があるんだろう、と思った。

懐の中は空っ風だし、小学生や中学生から金をおどし取ってもたかが知れている。一番金を持っているのは、若いＯＬあたりだろう。

一丁やっつけるか。酔った勢いでそう決めると、焼き鳥の屋台をフラフラと出て来た。

この辺は初めてで、どっちがどっちなのやら、まるで見当もつかない。電車で眠り込んでいるのを起こされ、降ろされてしまったのだが、何しろ右も左も分からないと来ている。——ともかく暗くて寂しいほうへ歩いて行けばいいんだろう。

淳はともすればもつれかける足を何とか操って歩き出した。

淳は二十四歳だ。十六でぐれて家を飛び出してから、スナックやらバーやらで働いたこともあるが、長くは続かなかった。今はその日暮らし。それでも、どこかの通路で寝転がっているホームレスを見る度に、あそこまで行っちゃおしまいだな、とゾッとするだけの感覚はまだ持っていた。

十月もそろそろ末。風は涼しいよりもむしろ冷たくさえ感じられる。これが木枯しになるまでには、何とかしなきゃ、と淳は思った。せめて、暖かいねぐらぐらいは……。

道は、やがて川べりに出た。街燈もほとんどない、土手の道は暗くて静かだった。

川へ向かって、なだらかに斜面があり、その先に砂利の河原が白く帯になって見える。

「こりゃ危ねえや」

と淳は呟《つぶや》いた。痴漢や強盗に、さあどうぞ、と言っているような道だ。家はポツン、ポツンと、思い出したようにあるだけで、まだ雑草ののび放題になった空地が多い。これから住宅が建つのだろう。

しかし、いくら場所がよくたって、誰も通らなきゃ引ったくりようがない。こんな所を通るのは、狐《きつね》か狸《たぬき》じゃねえのかな、と淳は苦笑いした。——どうせ、俺《おれ》のやることはドジばかりで、巧《うま》く行ったためしはねえんだから……。

じっとしていても仕方ないので、土手の道を歩いて行くと、ずっと向こうから、人影が近付いて来るのが見えて、淳は足を止めた。

数少ない街燈の下を通る時、それがワンピース姿の若い女だと分かって、淳は目を疑った。

「何てやつだい！　襲われたらどうするんだ！」

と勝手なことを呟いて、慌てて、傍らの空地の中へ飛び込んだ。淳のいた所は街燈の光の届かない場所だったから、向こうの目には止まっていないだろう。背の高い草の陰に身を隠すのは至って易しかった。

どうしようか？　やっつけるか、思い切って！――そのために隠れてるんだからな。しかし、万引きと違って、引ったくりとなると……。もし相手が逆らったら？　殴りつけて、大けがでもさせりゃ、傷害罪だ。

「やめようか……」

気弱にそう呟いたが、近付いて来る女が、小柄できゃしゃな感じなのを見て、あれなら簡単だ、と思い直した。ハンドバッグを引ったくって突きとばしておきゃ、恐ろしくて追っても来れまい。それにこの辺ではまるで顔も知られていない。

これ一度だ。一万でも手に入りゃ、床屋へ行き、サッパリした身なりになって、どこか仕事でも捜しに行ける……。別に命を取ろう、強姦《ごうかん》しようってわけじゃねえんだ。ただ財布の中身だけありゃあいいんだ。

女は足早に近付いて来た。ぐずぐずしていると通り過ぎてしまいそうだ。淳は慌てて茂みから飛び出すと、

「待ちな！」

と上ずった声で叫んで、女へぶつかって行った。ハンドバッグをわしづかみにして相手を突き放そうと手をかけて――とたんに手首をぐいとつかまれ、アッという間もなく背中へねじ上げられる。

「おとなしくして！」

女の声がキンと響く。一体どうなってるんだ？　もがこうにも腕をねじ上げられて今にも骨が折れるかと思う痛さ。

「現行犯で逮捕します」

婦人警官だ！　淳は青くなった。ハッと顔を上げると、土手の道を走って来る人影がもう一つあった。──畜生！　こいつと組んでいるお巡りに違いない！

ガチャガチャと金属の触れ合う音がした。手錠をかける気だ！　淳は夢中で体をよじって、足で後ろを蹴《け》った。それが相手の膝《ひざ》あたりを打ったらしい。

「アッ」

と呻《うめ》いて、ねじ上げた力がゆるんだ。淳は夢中で手を振り離そうとしたが、相手もしがみついて来る。

「畜生！　離せ！」

と喚《わめ》いてふっと見ると、婦人警官がバッグへ片手を突っ込んで、中から小型の拳《けん》銃《じゅう》を取り出した。恐怖が淳を捉《とら》えた。力任せに女の顔を殴りつけると、鼻血を出してフラつく。その手から拳銃を引ったくった、そこへ、

「待て！」

と男の声がかかった。制服の巡査が警棒を振りかざして走って来る。薄暗いので、淳の手に拳銃があるのに気付かなかったのだろう。分かっていれば止まるか、拳銃を抜いたはずだ。

淳にはその巡査が馬鹿でかく見えた。襲いかかって来る。殴り殺される、と思った。無意識に両手で拳銃を構えて引き金を引いていた。——警官がわき腹を押さえながら倒れて、初めて自分が銃を撃ったのだと気付いた。

警官を撃った！

淳は愕然《がくぜん》とした。逃げることしか考えなかった。土手の道を無我夢中で走る。女の金切り声が追いかけて来るような気がしたが、もう何も分からなかった……。

ごくありふれたアパートだった。

二階建てのモルタル造り。外廊下式で、二階へは鉄の階段がついている。

もうどれぐらい走っただろう。淳にはまるで世界の涯《はて》までもやって来たように思えたが、実際にはほんの一キロかそこいらなのだろう。しかし、思いもかけなかったできごとと、めったに走ることなどないのに、突然走り続けたのとで、疲れ切っていた。

——どこか、隠れる所はないだろうか？

河原などへ出たら、たちまち見つかってしまうに違いない。

落ち着いて考えれば、まだそう時間はたっていないのだし、できるだけ遠くへ逃げれば、手配も回っていないはずだが、そこはまるで慣れていない淳のことで、もう世界中の警官が自分を追いかけていると思い込んでいた。

どこか、住人の帰って来ていない部屋があれば……。淳は部屋の窓をずっと見て行った。

二階の、一番奥の部屋が、明かりが消えている。あそこへ行ってみるか？——しかし、鍵《かぎ》は何とか壊して入るとして、入ってどうするんだ？　まさか一眠りというわけにもいくまい。部屋の主が帰って来たら？

「また撃ち殺すのか……」

淳は自嘲《じちょう》気味に、歪《ゆが》んだ笑いを浮かべた。そして手にまだ婦人警官の拳銃を握りしめているのに初めて気付き、ハッとして、慌ててポケットへ入れた。

撃ち殺す……。あの警官は死んだのだろうか？　ほんのかすり傷だったかもしれない。しかし、ともかく、警官を撃ったのだ。——改めて淳はゾッとした。そして殺していたら、それこそ死刑ものだ。——警官を殺すことがどんなに重罪となるか、知らぬわけでもないのに、夢中になって、何もかも忘れてしまった。

「何てこった、畜生！」

と吐き捨てるように言ったが、今さら弾丸が拳銃へ戻って来るわけでもない。

その時、急にアパートの一階のドアの一つが開いた。咄嗟《とっさ》に淳は階段を駆け上がっていた。顔を見られたくなかった。足音だけなら、誰か二階の住人だと思われるだろう。

二階へ上がって、淳は舌打ちした。一階から足音が二階へと上がって来る！　このまま廊下に突っ立っていたのでは見つかってしまう。

一かばちか、だ。淳は、一番奥の部屋へと走った。あの、一つだけ明かりの消えていた部屋だ。ドアのノブを回してみる。――鍵はかかっていない！

しめた、と淳は暗い室内へ滑り込んだ。ドアを閉じ、息をついて……思わず、

「馬鹿め！」

と口走った。今、誰かが二階へ上がって来る。この部屋は明かりが消してあり、鍵はかかっていなかった。ということは、今、上がって来たのが、この部屋の住人だということではないのか……。

こうなったら、破れかぶれだ。度胸を決めて――というよりも、ガタガタ震えながらも、淳はポケットの拳銃を取り出し、ドアのわきへ身を寄せた。

足音は、二階へ上がって来ると、廊下を近づいて来た。汗ばんだ手で拳銃を握りしめる。入って来たら、こいつをグイと突きつけて、『騒ぐと命がねえぞ!』と言ってやらなくてはならない。巧く言えるだろうか?

「さ、さ、騒ぐと……い、命が……ねえぞ」

小声で言ってみたが、声が震えてしまう。畜生め! こうなったら頭をぶん殴ってのしてやる!

足音は、コン、コンと床に音をたてて……一つ手前のドアを開けて入って行った。淳は急に体中の力が抜け落ちたようで、ガックリして息を吐いた。その時、部屋の暗がりの奥から、

「どなたですか?」

と女の声がした。淳は仰天して跳び上がった。心臓が停まるかと思った。

「あの……」

女の声はちょっと途切れて、

「あ、すみません。明かりが点《つ》いていませんでしたわね」

ちょっと間があって、蛍光灯が瞬《またた》いて点いた。——六畳一間の部屋だった。女は、明かりの下に立っていた。二十五、六というところか。やせぎすの体に、ひどく地味

なブラウスとスカートを着けていた。

「あの……どなたですか？」

淳は拳銃を女の目の前へ突き出した。女の顔には一向に驚く様子はない。

「どなた？……何の用ですか？」

淳は面喰らって、

「こ、こいつが見えねえのかよ！」

と凄《すご》んでみた。女はいぶかしげな顔になって、

「私、目が見えないんです」

と言った。

「何のご用ですか？」

淳はポカンとして拳銃をおろした。そうか――それで明かりを点けていなかったのか。目が見えなきゃ同じことだものな。

しかし、何と返事をしたものだろう？　俺は人殺しだ、とおどかしてやるか、それとも……いや他に言いようがない。

「おい、いいか。よく聞けよ。そこへ坐るんだ」

女のほうもやっとただならぬ様子に気付いたらしい。やや青ざめて、素直に畳へ坐

った。淳は唇《くちびる》をなめて、

「俺はな、今拳銃を持ってるんだ。――本当だぞ！」

女は怯《おび》えた様子はなく、肯《うなず》いた。

「何が欲しいんですか？　お金なら……大してありませんけど」

「金もいるが、少しここへ隠れなくちゃならねえんだ。いいか、下手に騒ぐなよ。騒ぐと女だろうと撃つからな！」

「ええ、でも――」

「口答えするのか！」

と怒鳴《どな》ると、女は首を振って、

「いいえ。でも、大きな声を出すと隣へ聞こえます。安アパートですから」

「そ、そうか……」

淳は咳払《せきばら》いした。畜生、この女、やけに落ち着き払ってやがる！

「お前……一人か？」

「ええ」

「亭主は？」

「いません」

「目が見えないのに一人で暮らしてるのか？」

女はちょっと肩をすくめた。

「仕方ありませんもの」

それはそうだ。──部屋の中を見回しても、至って簡単なもので、タンスが一つ。食器棚が一つ。狭い台所に最低限の電気製品。

一人暮らしというのも嘘《うそ》ではなさそうだ。

「上がるぜ」

「どうぞ」

淳はもう靴とも言えないようなボロ靴を脱ぐと、部屋へ上がり込んだ。

「何か……食う物はあるか？」

「あまり料理をしないので……。肉まんが三つ残っていますけど」

「それでいい！」

「分かりました」

女は立ち上がると台所へ行って、手探りするまでもなく、正確な動きで冷蔵庫から肉まんを取り出し、ふかして皿へのせて来た。鮮やかな手際で、火傷《やけど》することもない。

淳は感心してしまった。

「大したもんだなあ」

「慣れです」

と女はやかんを火へかけながら言った。淳は急に空腹を感じて、貪《むさぼ》るように肉まんを平らげた。

──やっと少し気が鎮まって来る。

「いつまで、ここに?」

と女が訊《き》いた。

「安全に逃げられるようになるまでさ」

と淳は言った。

「妙な真似さえしなきゃ何もしねえ。安心しな」

女は肯いた。

「──どうして逃げてるんですか?」

「うるせえ。お前の知ったことか」

と淳は畳へごろりと横になった。その時、玄関のブザーが鳴った。

2

淳は飛びはねるように起き上がった。——もう一度ブザーが鳴る。

「はい」

と女が言った。

「どなたですか？」

「警察の者ですが」

淳は拳銃を握りしめた。女は低い声で、

「トイレへ隠れて下さい」

と言った。淳は慌てて隠れながら、

「いいか、何か一言でもしゃべったら——」

「分かりました。早く入って！」

女にせかされてトイレへ入る。女は水を流しておいてドアを閉めた。淳が耳を澄ましていると、玄関のドアが開く音がして、

「失礼します」

という警官らしい男の声。

「ええと……相原兼子《あいはらかねこ》さんですね」

「そうです」

あの女、相原兼子というのか。

「実は今夜、この先の土手の道で人殺しがありましてね」

淳の顔から血の気がひいた。——死んだのか！　俺は人殺しなんだ……。

「まあ、一体どなたが？」

「警官です。引ったくりを捕らえようとした囮《おとり》の婦人警官を負傷させ、その拳銃で駆けつけた警官を射殺して逃走しました。どうもこちらのほうへ逃げているようでして」

「怖いこと！」

「何か、こう不審な男などを見かけませんでしたか？」

「さあ……。私、目が不自由なものですから」

「ああ、これは失礼しました」

「いえ、構いませんわ。別に何も気付きませんでしたけど」

「そうですか。——お一人ですか？」

「はい」

「じゃ、充分にご用心下さい。鍵をちゃんと掛けて」

「そうします。あの――」

と女が――相原兼子が言いかけたので、淳はギクッとした。しゃべる気だな！　こうなったら、女もお巡りもぶっ殺して逃げてやる、とトイレのドアの把手《とって》へ手をかけた。

「お疲れでしょう」

と彼女が言った。

「お茶を一杯いかがです？」

「いや……そうですか。いただけるとありがたいですな」

「上がり口へおかけになって。――ああ、はきものを……片付けますから……」

「いや、構いませんよ」

「――さ、どうぞ、ここへ」

「ああ、どうも恐縮です」

「ちょうどお湯が沸いてますから」

「大丈夫ですか？　やりましょうか？」

「いえ、ご心配なく」

やや間があった。兼子という女が、さっきのような巧みな手つきでお茶を淹《い》れているのだろう、と淳は思った。畜生め、わざわざお巡りを引き止めていやがる！　何かやらかす気だな……。

淳は、いつでも飛び出せるように身構えていた。

「いや、みごとなもんですなあ」

と警官が感心して言った。

「少しも迷わずによくやれますねえ」

「物の置き場所を決めてしまって、そこから動かさないようにしておくんです。慣れれば難しくありませんわ。——どうぞ」

「いや、恐れ入ります。……旨《うま》い。やっぱりお茶が一番だ」

「この辺一帯をずっと回ってらっしゃるんですか」

「犯人がまだこの辺にいる可能性があるものでね。——しかし、いつまでもこんな所に、ぐずぐずしちゃいないと思いますがね。おそらく、かなり遠くまで逃げているでしょう」

「早く捕まるといいですわね」

「馬鹿《ばか》な奴ですよ。おとなしく婦人警官に捕まってりゃただの引ったくり現行犯ですんだのに。警官殺しとなると、何年かかっても威信《いしん》にかけて犯人を捕らえますからね。決して逃げられやしません」

警官はゴクゴクと喉《のど》を鳴らして、

「――いや、おいしかった。ごちそうさまでした」

「お粗末なもので」

「では充分にお気を付けて」

「ご苦労様です」

玄関のドアが開き、閉まった。靴音が廊下を遠ざかって行く。

「――もう大丈夫ですよ」

彼女の声に、淳はそっとトイレのドアを開けた。急いで廊下に面した小窓の所へ行って耳を澄ますと、靴音が階段を下りて行くのが聞こえた。――ホッと息をつく。額に汗がにじんでいるのに、初めて気付いた。玄関の上がり口に空になった湯呑《の》み茶碗《ちゃわん》が置いてある。

淳は、やおら平手で、彼女の頰《ほお》を打った。アッと短い声を上げて、彼女が倒れる。

「貴様！　お茶なんかすすめやがって！　引き止めておいて俺のことをしゃべろうと

したな！」

淳は、やっと顔を上げた兼子の喉元へ拳銃を押しつけた。

「あなたの……靴が……」

と途切れ途切れに言う。

「何だと？」

「あなたが、靴を脱いだままにしてあったでしょう。……お巡りさんが部屋の中を見回してるようだったので、靴に気付かれると思い……お茶をすすめて、玄関を片付けるふりをして、下駄箱の下へ、靴を押し込んでおいたんです……」

淳は玄関を見た。下駄箱の下へ。そうだ。確かに靴をそのままにしておいた。——靴は下駄箱の下へ押し込まれていた。男物の大きな靴だ。見られれば、怪しまれずにはすまなかっただろう。

淳は、頰を押さえながら起き上がった兼子のほうを、決まり悪そうに見た。

「……悪かったな」

「いいえ」

「相原兼子、っていうんだって？」

「ええ」

「かね子は兼ねる、って字かい？」

「そうです」

「そうか。……お袋と同じだ」

兼子は畳にきちんと坐ると、髪を手で直した。

「──お茶、飲みますか？」

「うん。……でも、お巡りの飲んだ茶碗とは別にしてくれよ」

ため息をつきながら、淳はそう言った。

「どうして一人で暮らしてるんだい？」

お茶を飲みながら、淳は訊いた。

「別にわけなんて……」

「でも、何かと不自由だろう」

「このすぐ近くの工場に勤めているんです。同じ仲間もいるし。苦になりません」

「ふーん。大したもんだね。俺なんか、どこも悪いとこなんざねえのによ。働きもしないでブラブラ遊び歩いて、そのあげくがこのざまだ」

「あなた……いくつですか？」

「二十四だ。——淳、ってんだ」

「ジュン？」

「そう。何ていうのかな……さんずいに……」

「こうですか？」

兼子は立って、紙とボールペンを取ると、〈潤〉と、きちんとした字体で書きつけた。

「いや、そうじゃなくて……」

「じゃ、これ？」

今度は〈淳〉の字が出て来る。

「そう、それだよ」

と、思わず笑顔になって言った。

「——ちゃんと字が書けるんだなあ。いつ目を悪くしたんだい？」

「十四の時です。火事にあって……」

「そうか。——今、いくつだい？」

「二十一です」

そう言って、兼子は、ちょっと恥ずかしげに微笑《ほほえ》んだ。

「老《ふ》けて見えるでしょう？　どうしても外見に構わなくなるので……」

「そんなことねえよ」

と淳は言った。確かに、彼女は二十五にはなっているように見える。しかし、初めてその笑顔を見ると、若さが浮き上がって来るのが分かった……。

「――これから、どうするんですか？」

「うん……。ともかくできるだけ早く出て行くよ。迷惑は決してかけねえ」

「でも、今夜は出ないほうがいいですよ」

「妙だなあ。俺が怖くねえのか？　人殺しなんだぜ」

「どんなに怖い人なのか、見えないから分りません」

淳は思わず笑ってしまった。全く変わった女だ、こいつは。――その時、

「しっ！」

と兼子が淳の口へ手を当てた。

「――一階の人が来ます。隠れていて下さい」

「一階の？」

「暇を持て余してる奥さんなんです。さあ、隠れて。ここへは上げないようにしますから」

淳はまたトイレへ入った。——兼子には遠い足音だけで誰なのか分かるらしい。

ややあって、
と女の声がした。

「もう寝たの？」

「今晩は」

「いいえ」

兼子が玄関のドアを開ける。

「どうしたの？」

「例によって主人が遅いの。よかったら遊びに来ない？」

「ええ……そうね、伺うわ」

「鍵かけたほうがいいわよ。警官殺しがあったって。聞いた？」

「ええ、さっきお巡りさんがみえて」

「うちにもよ。ちょっといい男だったの。セールスマンだったら誘惑しちゃうんだけど、お巡りじゃね」

鍵のかかる音がして、二人が話しながら廊下を遠ざかって行く。淳はそっとトイレから出た。部屋は明かりが消えていた。目が慣れて来て、見ると、彼の飲んだ湯呑み茶碗が片付けられている。さっきの女が二つの茶碗に気付くかもしれないと、兼子が片付けたのだろう。

機転のきく、頭のいい女だ。——全く分からない。なぜ人殺しを助けたりするのか。

ふと、下の部屋から一一〇番しているかもしれないと思った。ここには電話がない。

しかし、そんなはずはない、と思い直した。その気になれば、さっきの警官に知らせたはずだ。メモに書いて渡せばいいのだ。ちゃんと字が書けるのだから。

早く出ていかなくては、と本気で考えていた。もののはずみで人を殺してしまったが、こんな弱い女まで巻きぞえにするようなことはしたくない。

今の内に行こうか？　しかし、まだ下の階にも起きている女がいる。ということは、今降りて行けば、誰かに出くわす心配があるということだ。

もう少し遅くなるまで待とう。——淳は、ごろっと横になった。暗い天井に、窓から射《さ》し入る光が帯を引いている。

疲れた……。ほんのちょっと目をつぶるつもりで、淳はそのまま眠りに落ちてしまった。

目を開くと、ほの白い光がまぶしい。淳はぼんやりとした頭のまま、体を起こした。

狭いアパートの一部屋。ここはどこだろう?

「そうか……」

思い当たってハッとした。もう朝になっているのだ。初めて淳は、自分が毛布をかけているのに気付いた。——あの女がかけてくれたのに違いない。何といったっけ。兼子。そう、兼子だ。

部屋の中を見回した。卓袱台《ちゃぶだい》に朝食の仕度があった。メモが置いてあり、あのきちんとした字体で、

〈いつも通りに仕事に出ます。食べた皿などは台所に積んでおいて下さい。昼は冷蔵庫にハムとサラダがあります。夕方六時半には帰ります〉

とあった。

淳はみそ汁を温め、貪るように朝食を平らげた。——一息つくと、一体捜査のほうはどうなっているのか、気になって来る。新聞もテレビもない。当たり前のことだが。ラジオぐらいは……。戸棚を捜すとポータブルラジオがあった。早速スイッチを入れたが、音を聞きつけられては困るので、イヤホーンで聞くことにした。

しばらく聞いていると、やがてニュースになった。

「昨夜、E市で警官一人を射殺、婦人警官に軽傷を負わせた犯人は、婦人警官のハン

ドバッグに残っていた指紋から、住所不定無職、前科一犯の古橋淳一《ふるはしじゅんいち》、二十四歳と分かりました」

淳はしばし呆然《ぼうぜん》と坐り込んでいた。ラジオが、彼の背格好や特徴を並べているのも、耳には入らなかった。——指紋《しもん》！　そうだった。以前、車の無免許運転であげられたことがあったのだ。では、今ごろは彼の写真が近辺にばらまかれ、夕刊にも載ることだろう。

両親の家や、兄弟、親類、友人……。どこへも刑事が出向いているに違いない。みんなマスコミの目から隠れようと、戸を閉め切って息をひそめているのだ。ちょうど淳と同じように。

今さらのように、人を殺したという事実の重味が実感された。

「畜生……」

思わず言葉が口をついて出る。だが、総ては手遅れだ！

ポケットへ手をつっ込むと、冷たい感触があった。拳銃だ！　淳はそろそろと取り出して、手の上にのせた拳銃の冷たい光を見つめていた。

これで死のうか。——それが一番楽な方法だろう。

「いや、ここじゃだめだ」

ば……。

と呟く。この部屋で死んだら、兼子に迷惑がかかる。どこか離れた所でやらなければ……。

しかし、ともかく夜にならなければ出られない。この部屋から出て来たのを誰かに見られたら、やはり兼子が迷惑するのは同じことだ。

深くため息をついて、淳は横になった。夜が待ち遠しかった。――死ねる時が。

3

六時になると、もうすっかり暗くなった。六時半に帰る、とメモにあったので、その前に、ちょうど帰宅時の他の部屋の人間と顔を合わせる危険はあったが、淳はそっと部屋を出た。

兼子に一言礼を言いたかったが、帰ってからでは、死ぬ決心が鈍るかもしれない。それが怖かった。せめて手紙を、とメモにせっせと書きつけてから、彼女には読めないのだと気付き、苦笑した。――全く、最後までドジな男なんだな、俺は。

幸い、階段を下りて行っても、誰とも出会わなかった。道の記憶ははっきりしないが、ともかく川べりの土手の道へ出ればいい、と、見当をつけて歩くと、ほどなく、川の流れる音がして、土手の道へ出られた。

　少し歩こう、と思った。少しでも兼子のアパートから離れておきたい。帰って来た彼女に、犯人が自殺したという騒ぎが伝わらないくらいの所までは……。

　どうして、こうあの女のことを気にするんだろう、と自分でも不思議だった。

　自分が人を殺したという惨めな現実の中で、せめて彼女に迷惑をかけないことに救いを求めているのかもしれない。しかし、そんなことが何になる。警官を殺して自殺した男に、世間の誰が同情してくれるものか。

　土手の道を、淳はゆっくりと歩いた。やる時は河原へ下りるつもりだった。茂みの中では、なかなか発見されずに腐り果てることもあるかもしれない。河原なら、夜が明ければすぐに目につくだろうから。

　途中、二、三人の、勤め帰りのサラリーマンとすれ違ったが、誰も淳のことなど見もしなかった。道も暗いが、そのせいばかりではないようだった。街燈の並ぶ明るい道ですれ違ったとしても、相手の顔など見ないのではないか。――みんな一様に疲れて、もう他人の顔など見るのもいやだ、という様子に見えた。

　誰しもが、ああして、クタクタに疲れ切るまで働いて、やっと生活している。――以前なら、そんな連中を鼻先で笑って、

「俺は太く短く生きるんだ」

と言っただろうが、今はそうは言えなかった。ああいう暮らしこそが、勇気のいる生活なのかもしれない、と思った。もし、もう一度やり直せるのなら、ああして働いてみたいという気がした。

しかし、もう遅すぎる……。

「そろそろやるか……」

と呟いて、ふと前方を見ると、兼子が歩いて来た。白い杖《つえ》をついて、腕に、買い物らしい紙袋をかかえている。淳は足を止めた。

兼子も数メートル手前で立ち止まった。じっと探るように、彼のいるあたりへ注意を集中しているらしかったが、

「淳……さん？」

と訊いた。気配を感ずるものなのか、と淳は驚いた。

「俺だよ」

「どうして出て来たんですか？」

歩み寄って来ると、杖を持った手で淳の腕に触れた。

「同僚の女の子から聞いたんですけど――」

「分かってるよ」

淳は遮《さえぎ》って、

「俺が指名手配になってるんだろう。ラジオで聞いた」

「それならどうして出て来たんです？」

と怒ったように言う。

「いつまでもぐずぐずしてられないからな。あそこで見つかりゃ、そっちに迷惑がかかるだろ」

「そんなこと……。戻りましょう」

「いや、もう行くよ」

「どこに？」

淳は肩をすくめた。

「逃げるといったって、いつまでも逃げちゃいられない。自分でかたをつけようと思ってな」

「死ぬつもりなんですか？」

「どうせ死刑だからな。警官を殺したんだ」

淳は兼子の肩へ手をおいて、

「色々世話になったな」

不意に、兼子は両眼から大粒の涙を頬へ流した。

「そんな……今、すぐに、なんて……。食べてもらおうと思って……すき焼き用の肉を買って来たのに……」

声が涙で切れ切れになっている。淳は困ってしまった。女に泣かれるのが一番苦手なのである。

「なあ、俺なんかに関わり合ってたら、ろくなことにならないぜ。——悪いことは言わねえから、アパートへ帰って、俺のことなんか忘れちまいな」

兼子は手の甲で涙を拭って、

「せめて今夜だけ——」

と言いかけて、ふっと言葉を切ると、耳を澄ましていたが、

「自転車だわ」

と言った。

「え？　どこに？」

淳がキョロキョロ見回す。

「きっとお巡りさんだわ。聞こえるんです。早く、どこかに——」

「どこか、っていっても……」

「河原へ下りましょう、早く！」

兼子の口調には、有無を言わせぬ切迫した響きがあった。淳は兼子の手を取って、土手を下りると、河原の砂利の所へ連れて行った。

「横になって！」

兼子の言葉に、

「ええ？」

と面喰《めんく》らっていると、いきなり兼子が抱きついて来たので、淳は仰向けに引っくり返ってしまった。兼子が上から覆いかぶさるようにして淳の唇へ唇を押し付けて来る。淳はわけが分からず目を白黒させていた。

「おい！　誰だ！」

突然、声と共に懐中電燈の光が二人を照らした。ギクリとして起き上がろうとする淳を押さえて、兼子が顔を上げた。

「やあ、あなたは……」

「あ、昨日のお巡りさんですね」

兼子は慌てて立ち上がると、スカートの裾《すそ》を直した。警官は笑って、

「こんな所じゃ風邪《かぜ》をひきますよ」

「すみません」

「いや、まあ気を付けて」

警官は笑顔でそう言うと、自転車をこいで遠ざかって行った。

淳は息をついて起き上がった。

「やれやれ、びっくりした」

「すみません、咄嗟《とっさ》のことで……」

「いや、大したもんだぜ、全く」

淳は笑って立ち上がると、落ちていた杖を拾って兼子へ渡してやった。

「あの……今夜だけでも、夕ご飯を食べて下さい。ゆうべは何も出せなかったから」

「分かったよ。ごちそうになろう」

淳は兼子のかかえていた紙袋を持った。兼子が嬉しそうに微笑《ほほえ》んだ。


「旨いなあ」

淳は何か月ぶり——いや何年ぶりかもしれない牛肉の味に舌つづみを打った。

「うんと食べて下さい」

「ありがとう。最高だよ」

生き返ったような気分だった。兼子が買って来てくれた剃刀《かみそり》でひげも剃《そ》ったし、下着も着替えた。こんなさっぱりした気分になったのは、本当に久しぶりのことだ。

「ビールは？」

「ああ、俺がやるからいいよ」

とコップへ注ぎながら、

「しかし、こんなことしてたら、アパートの連中に気付かれないかい？」

「ちゃんと言ってあります」

「何て？」

「田舎から従兄が上京して来ています、って」

「従兄か、とんだ従兄だなあ」

と首を振ってご飯をかっ込みながら、

「今ごろは親父もお袋も、俺のことなど生まなきゃよかったと思ってるだろう」

「そんなことを考えないで」

と兼子は言った。

「今は食べることだけ考えて下さい」

「食うのに頭はいらねえよ」

と笑いながら言って、

「もう一杯くれ」

と茶碗を出した。

「——ああ、満腹だ」

と畳にひっくり返ると、淳は、兼子が食事の後片付けをてきぱきとやってのけるのを眺めていたが、ふと立ち上がると、台所に立っている兼子の後ろに近付いて、彼女の腰にそっと手を回した。兼子が身を固くした。

「洗い終わったら……お茶を淹《い》れますから……」

声がいくらか震えているように聞こえる。

淳は兼子の肩をつかんで自分のほうへ向かせると、唇を唇で塞《ふさ》いだ。兼子は軽く身震いしたが、逆らいもせず、されるままになっていた。

やがて淳が離れると、兼子は深く息をついて、

「私はこんな女ですから……」

と言って、また洗い物にかかった。何の意味なのか、淳には分からなかった……。

「——十八の時、私は駆け落ちして出て来たんです」

兼子は淳にお茶を出しながら言った。

「そうだったのか、それで帰るに帰れないわけなんだな」

「それもありますけど、両親がもう死んでしまいまして、兄弟は私のことを一族とは認めてくれないので、肩身の狭い思いをしに帰るのもいやですから」

「そうだなあ。……一緒にいた男はどうしたんだい？」

「さあ……」

と、ちょっと寂しげに微笑んで、

「夢中になっている時は、目が見えないなんてこと、気にならないんでしょうが、しばらくたつとやっぱり重荷になったのか、仕事も思うように見つからず、その内、プイと出て行ったきりで……」

「そいつは苦労したなあ」

「自分で勝手に飛び出したんですもの。仕方ありませんわ」

「これから、どうするんだ？　ずっとこうして一人暮らしを続けるつもりなのかい？」

「ええ、たぶん……」

「その内、いい男が出て来るよ、きっと」

兼子は、ちょっと間を置いて、

「それより、あなたはどうするんです？」

「うん……。仕方ないさ」

「自首したら？　少しは――」

「軽くなっても終身刑。出られるとしたって三十年先の話さ。一発頭に撃ち込むほうが楽だよ。後くされなく、さっぱりとね」

兼子はしばらく黙っていたが、

「もし――」

「え？」

「もし、あなたにその気があれば、ですけど……ずっとここにいてもいいんです」

淳は返事に困って頭をかいた。

「気持ちは嬉《うれ》しいけどなあ……。あんたはいい人だ。いい人だと思うから、余計に巻き込みたくない」

「私は――」

「まあ待てよ。人間、そういつまでも人目に付かずに隠れていられるもんじゃない。ここにいて、じっと息を殺して、何日もそんな生活は続かないよ」

「それなら、どこか遠くに行って――」

「もう、そんなことを考えるのはよせ」

淳は兼子の髪を撫《な》でた。

「俺たちは互いに顔も知らないいんだ。そうだろう？」

兼子は泣かなかった。その代わり、淳の胸に身体を投げ出して来た。


「俺は幸せだよ」

淳は言った。

「死刑囚だって、こうは楽しませちゃもらえないぜ」

「そんな話はよして」

兼子は彼の裸の胸に頰《ほお》をそっと寄せて呟《つぶや》いた。

「しかし分からねえな」

淳は首を振った。

「どうして俺なんかに惚《ほ》れたんだい？」

「さあ……。私にも分からない。そんなものでしょう？」

「そうかもしれねえ」

淳は笑って兼子をもう一度抱きしめた。

「待って！」

兼子がハッと体を起こした。

「どうした？」

「車の音だわ。……こんな時間に」

淳も耳を澄ましたが、一向に何も聞こえない。しかし兼子が言うのだから間違いあるまい。二人は急いで服を着た。

「明かりは消えてましたね」

「ああ」

「車の音……。一台じゃないわ」

淳は廊下に面した小窓から外を覗《のぞ》いてみた。直接には何も見えないが、赤い光の明滅が隣の家の窓ガラスに映っている。

「来たな……」

淳はため息をついた。もう一晩くらい寝かせてくれりゃいいのに。

「さっきのお巡りさん、きっと疑ってたんだわ。ごめんなさい」

「気にするなよ」

淳は言った。

「いいか。訊かれたら、俺に殺すとおどされていた、って言うんだぞ。分かったかい?」

兼子は答えずに、何やら考えていたが、

「待って!」

と言うと、押し入れを開け、整理用のプラスチックの箱を開けると、中から何やら縄《なわ》のようなものを取り出して来た。

「何だい?」

「非常用の縄梯子《ばしご》です」

「こんな物どうして持ってるんだ?」

「押し売りくさい人に無理に買わされちゃったんです。——これで廊下の突き当たりから下りれば、狭い路地から裏の通りへ出られます。そっちにはきっと誰もいませんわ」

「しかし——」

「お願い!　もう少し生きていて下さい。諦《あきら》めないで!」

必死な兼子の口調に、淳は心を動かされた。彼女の目の前では死ぬまい、と思った。

せめて、彼女から離れた所で……。

「よし、分かった。その代わりな、俺におどされていたと話すんだぞ。それが条件だ」

「分かりました」

「よし」

縄梯子は何ともチャチな代物だったが、まあ一度くらいは使えるだろう。——そっと廊下へ出る。まだ下の手配が終わらないのだろう、踏み込んで来るには時間があるようだ。

「じゃ、行くぜ」

「気を付けて」

兼子の手を軽く握って、淳は突き当たりの手すりに縄梯子のかぎを引っかけ、人一人、やっと通れるくらいの路地へ垂らした。

いささか足が震える。高所恐怖症なのである。二階でこれだから、ひどいものだ。やっとこ手すりを乗り越え、グラグラ揺れる梯子に何とかすがりつくようにして下り始める。

縄梯子は相当な安物だったに違いない。半分くらい降りた時、キリキリと音がして、縄がかぎから抜けてしまった。アッという間もなく、狭い路地へ落ちる。狭いので却《かえ》って妙な姿勢になってしまった。左足首に激しい痛みが走った。

「ウッ！」

と呻《うめ》いて、それでも右足で何とか起き上がったが、壁を伝わって、路地を出るのがやっとだった。左足は焼けるように痛い。捻挫《ねんざ》か、それとも骨にひびでも入ったかもしれない。とても遠くまでは行けないな……。

裏通りには、確かに警官の姿はなかった。ちょっと見たところでは路地があるようには見えないのだ。

しかし、ともかくこの辺にいれば向こうが見付けてくれるだろう……。

淳は左足を引きずるようにして、道端のポリバケツの上に腰をおろした。やれやれ、最後までドジなことだ。

ふと、淳は思った。自首して、二、三十年の刑になっても、兼子は待っていてくれるだろうか。――いや、馬鹿なことを考えるな！

あの女の一生をめちゃめちゃにしてしまうつもりか。ここでかたをつけてしまうのが一番いいのだ。

「見付かる前にやっちまおう」

ポケットへ手を入れて、ハッとした。拳銃がない！――部屋へ忘れて来たか。それとも今、路地へ落ちた時にポケットから飛び出したのか……。

淳は思わず声を上げて笑った。――全く、最後の最後まで、ドジな話だ。

自殺できないとなると、却って気が楽になった。不思議なほど、怯《おび》えも絶望もない。逮捕され、裁判になれば、また兼子に会えるかもしれない。そう思うと楽しみにさえ思えて来る。

全く不思議な女だ、と思った。盲目だなど少しも感じさせないくらい、強く生きている。その彼女の強さが俺にも伝染したのかもしれない……。

「早く来いよ……」

と呟いた時だった。銃声が夜の静けさを破った。続いて、それに応ずるように二発、三発……。警官はめったに発砲するものではない。ではあの一発目は……。

「兼子！」

ポケットから拳銃を抜いておいたに違いない。そして警官の注意を引きつけるために――何て馬鹿をするんだ！

足の痛みをこらえて、淳は路地へ向かって歩き始めた。

流れ弾に当たったらどうするんだ！　兼子！　死ぬなよ！

また銃声が聞こえて来た。

「それじゃ、もう一度訊くがね。彼におどかされてかくまっていたんじゃないのかね？」

と頭のはげ上がった刑事が疲れたような調子で言った。

「違います」

兼子はきっぱりと言った。

「自分の意志でかくまったんです」

「フム……」

困ったようにため息をついて、刑事はハンカチで額を拭った。狭い取調室は蒸し暑かった。

「――しかしね、奴は死ぬまぎわに、そう言ったんだよ。『あいつは俺が脅しつけて……』」

「そんなことはありません」

「そうか。――じゃ、あんたも罪に問われるよ。覚悟しているのかね？」

「はい」

「それならいいが」

「それから――」

「何だね？」

刑事は黙っていた。兼子は続けて、

「私、誰かを撃たなかったでしょうか？」

「私、下へ降りて、階段の下に隠れていた時、後ろから足音が近付いて来るのが聞こえたんです。何だか片足を引きずってるような足音で……。何が何だか分からないまま撃ってしまったんですけど。何か倒れるような音がして……。私の撃った弾丸が当たったんじゃないでしょうか？」

刑事は、しばらくじっと、この気丈な盲目の女を見つめていたが、やがて軽い口調で言った。

「いいかね、拳銃なんて必死に狙《ねら》っても、そうそう当たるもんじゃないんだよ。それをあんたが撃っても当たるはずはないさ」

「そうですか」

兼子はホッと息をついた。

「あんたは……奴が好きだったのかい？」

「はい」

兼子は肯いた。

「あの人とは前の日に会ったばかりでしたけど……。次の日には、もう足音だけであの人だと分かるようになりましたもの」

刑事はもう一度訊いた。

「供述を変える気はないかね？」

「ありません」

兼子は、はっきりと答えた。

探偵物語

1

「馬鹿野郎！　このウスノロの役立たずめ！　月給泥棒《どろぼう》とは貴様のことだぞ！」

受話器を突き破らんばかりに、社長の罵声《ばせい》が飛び出して来て、山口《やまぐち》は慌てて耳から受話器を離した。泥棒したくなるほどの給料はもらってません、と言い返したいのをじっとこらえて、悪口がちょっと息切れした際に、

「申し訳ありません」

と言った。

「もういい！　その件は塚田《つかだ》へ任せる。貴様には別の仕事がある。事務所へ来い！　分かったな！」

「分かりま――」

電話は切れた。山口はため息とともに受話器をかけると、十円玉返却口をつい無意識に探った。十円玉一枚しか入れていないのだから、戻るはずがないのだが。

「――ん？」

指先に触れたのは十円玉だった。「こいつあ儲《もう》かったぞ！」

と呟《つぶや》いて、我ながら惨めになり、肩をすくめて、電話ボックスを出る。

ごみごみとした旅館街。いわゆる連れ込みの並ぶ狭い通りの朝は、えらくわびしい感じがした。

山口安彦《やすひこ》はヒゲののびた、ザラつく顎《あご》を撫《な》でて、投げやりな感じで歩き出した。

――四十二歳。年相応にくたびれた中年男である。どう見ても英国製ではない背広、ねじれたネクタイ、ヨレヨレのコートは、何もTVの刑事を気取っているわけではない。女房に五年前に逃げられて、むさ苦しい一人暮らしなのである。

山口は小さな探偵社の平社員だ。もう十年も勤めているのだが、役付きになる事はあり得ずとも、クビになるのは今日でもおかしくない、という切っ羽詰まった状況に置かれている。

もとはと言えば身から出たサビで、このところ失態続きなのである。浮気の現場を押さえるべく公園に張り込んでいて、痴漢《ちかん》と間違えられて捕まったり、苦労してやっと証拠写真を撮ってみれば、カメラにフィルムが入っていなかったり……。たった今、ドヤしつけられたのも、狙《ねら》った二人がしけ込んだ旅館の前に陣取って、事を済ませて出て来る瞬間を撮影しようと待ち構えている内、いつしかコックリコックリ……。気が付いたら朝になっていて、当の二人はむろん影も形もなくなっていたという次第。社長が怒るのも、当然と言えば当然である。

「畜生!」

わけもなく呟いてみる。——この手の旅館街へ来ると、何か苦い物が胸にこみ上げて来るのである。妻が、彼の見た事もない若い男と裸で汗まみれになっている所へ踏み込んで行った時の事を思い出してしまうのだ。

気が付くと、一匹のやせこけた野良犬が、彼の足にまつわりつくようにして走っていた。

「何だ?……何かほしいのか? 俺は何も持ってないよ」

それでも犬は期待に目を輝かせながら山口を見上げている。

「何もないんだ! 分からないのかよ! 何もないってのに!」

と怒鳴《どな》ると、犬はヒョイと向こうを向いて、トットッと歩いて行ってしまった。山口はその野良犬の後ろ姿を見送って、呟いた。

「――明日はわが身か」


新井直美《あらいなおみ》は、パジャマ姿で欠伸《あくび》をしながら階段を降りて行った。庭の芝生に面した広々としたダイニング・ルームに朝の光が溢《あふ》れている。大きなテーブルの中央に、一人前の朝食が用意されていた。ゆで卵、生ジュース、サラダ、トースト、ハム……。

もう一度欠伸をしながら、椅子に坐ると、間髪を入れずドアが開いて、直美の年齢《とし》より長く、この家に住み込んで働いている長谷川君代《はせがわきみよ》が、渋い和服姿で現われて、コーヒーポットとカップを載せた盆を持って来た。

「おはよう、長谷川さん」

と直美は生ジュースのコップを取り上げた。

「お帰りなさいませ」

と君代は盆を置きながら言った。

「私、おはよう、って言ったのよ」

「つい三十分ほど前にお帰りでしたね」

君代は至って真面目《まじめ》な顔で、「木に登るのは危のうございます。お帰りの時は、ちゃんと玄関からどうぞ」

直美はいまいましげに君代をにらんで、

「よく見てるのね。年齢を取ると眠りが浅いのかしら」

「お嬢様を無事にアメリカ行きの飛行機へお乗せするまでは安心して眠れませんのです」

「後四日ね」

「はい。昨晩、ニューヨークの旦那様からお電話がございました」

「パパ、何ですって？」

「お嬢様が飛行機に乗るのをいやがったら、小荷物扱いにしてもいいから送ってくれ、と……」

「何よ！　人を品物扱いして！」

直美はプッとムクレて、「ちゃんと行きゃいいんでしょ！」

「首を長くしてお待ちですよ」

「ろくろ首の見せ物でもニューヨークでやりゃ受けるかもよ」

直美はため息をついて、「ねえ、長谷川さん、どうして私までパパやママのお付き合いしてアメリカへ行かなきゃならないの？　友達やら車やら、みんなと別れて。意味ないわよ！」

「親子は一緒に住むのが一番です」

「私、もう二十一歳なのよ。いつまでも子供じゃないわ」

「だからこそご心配なのですわ。お嬢様にもしもの事があったら――」

「ありゃしないわよ。あーあ、やり切れない。せめて最後の四日間は私の好きにさせてよ」

「最後の四日間だからこそ、そうは参りませんのです」

直美はため息をついて、

「私を生まれた時から見ているのに、そんなに信じられないの？」

「もちろんですとも」

君代はアッサリ言った。

「だめだ、こりゃ」

「今日はどちらかへお出かけですか？」

「上野の美術館にね」

「少し荷物の準備をなさった方が……」

「夜、やるわよ！」

「今夜は早くお帰り下さいね」

直美は憂鬱《ゆううつ》な顔で、明るい陽射しの踊る芝生を眺《なが》めていた。

「ははあ……」

山口は、馬鹿みたいにポカンと口を開け、その大邸宅を見上げた。高い石塀のはるか奥に白亜の洋館が見える。ここに住んでるのが、大学生の娘一人と、家政婦だけ、というのだから！

「アパートにして貸しゃ儲《もう》かるのに……」

と山口はいじましい事を考えた。「ええと、この広さならアパートが四棟《むね》は建つな。環境での日照権がうるさいから三階建てぐらいにして、一棟に十二戸とすると四棟で四十八戸。３ＤＫくらいにすれば、場所もいいし、家賃も、八万はふんだくれるだろう。七万としても四十八戸だと……三百……三百万以上か！　月に三百万！　畜生！　ボロ儲けしやがって！」

と想像に勝手に腹を立てているのだから、世話はない。

「三百万か……。俺の月給の何倍かなあ」

計算すれば惨めな気分になるだけだと分かっていながら、つい計算してみたくなるのが貧乏人の性《さが》というべきかもしれない。しかし、幸い答えが出ない内に、立派な門構えのわきの通用口が開いて、若い娘が出て来たので、計算は中断された。

「あれだな」

山口は上衣のポケットから、一枚の写真を取り出した。「……新井直美。二十一歳か。でかい家に住んで結構なご身分だ」

山口は、新井直美の後を、五十メートル程の間を置いて歩き出した。新井家の長谷川という家政婦の依頼で、直美の素行《そこう》を監視し、万一彼女が何か間違いをしでかしそうになったら阻止する。危険が迫ったら彼女を守る、という任務である。

これはえらく難しい。浮気の調査とか何かなら、それらしい時だけ気を付けていればいいのだが、この仕事は、外出の間中、ずっとついて歩かなくてはならないのだ。

しかし文句を言っていられる身分ではない。山口は社長の、思いやり溢《あふ》れる言葉を思い出していた。

「いいか、これが最後のチャンスだぞ！　これでしくじってみろ、即座にクビだ！　まだここで働きたかったら、何があっても、この娘から離れるな！　見失いました、とでも電話して来たら、顔を見せんでいい！」

全く身にしみるお言葉で。別にここで働きたい、というわけじゃない。他に働く所がないというだけのことである……。

新井直美は、山口が想像していたよりも小柄な女性だった。大体、今の若い娘たちは大柄なのが多いから、漠然《ばくぜん》とノッポの女の子を想像していたのだが、実物は小柄でほっそりしている。――とにかく、この二十一歳の娘に生活がかかっているのだ。

「逃げるなよ……」

尾行しながら、山口は呟いた。

山口は、いい加減うんざりしていた。

直美は午後の一時に上野の美術館へやって来た。そこで長身の、やはり大学生らしい若者と会って、二人で美術館の中を歩き始めた。普通、美術館は絵を見に行く所だが、この二人の場合はどうも対話の場所らしく、絵の方はそっちのけで、少し歩いてはベンチに坐り、また次の部屋へ移っては低い手すりに並んで腰を降ろしてしゃべっている。

むろん美術館の中は静かだから、二人の話し声は至って低く、離れて見ている山口の耳にはまるで届かないのだが、様子だけを見ていると、若者同士の会話にしては、あまり弾んでいないように見えた。どちらも割合真剣な顔で話をしているのである。

直美は、なかなか可愛い娘だった。手渡された写真は、十八歳の時のものだから、えらく子供っぽいが、二十一歳の今は、どうして魅力的な女性と言ってもよかった。時折り見せる、ちょっとすねたような笑顔には、何となく見憶《おぼ》えがあるような気がした。どうしてなのか、よく分からなかったが……。

「いつまで粘る気なんだ？」

山口は思わず呟いた。喫茶店なら、追加注文しないと文句を言われる所だろう。やっと二人が美術館を出たのは、もう閉館も近い、午後四時だった。何と三時間も、中でしゃべっていた事になる！

これからどこへ回るのかな、と見ていると思いがけない事に、美術館を出た後、二人はすぐに別れてしまった。このまま家へ帰ってくれると楽でいいんだがな、と山口は思った。帰宅してしまえば、もう今日の山口の仕事は終わりになる。

直美は、ノッポの若者を手を振って見送ると、公園の中をブラブラと歩き始めた。夕方とはいえ、五月も末だ。もう大分日が長くなって、まだ頭上は青空が広がっている。時間を潰《つぶ》してでもいるように、時折り立ち止まったり、ダンスのステップを踏んでみたりしながら、直美は歩いて行った。

そして、突然、直美は駆け出した。山口が一瞬呆気《あっけ》に取られて立ちすくむ。直美は、

交番へ駆け込んだのだ！　ポカンと突っ立っていると、交番から警官が走り出て来て、

「おい！」

と怒鳴った。自分が呼ばれたらしい、と山口が気付くまでしばらくかかった。

「ちょっと来たまえ！」

警官に呼ばれて知らん顔もできない。山口は渋々警官について交番へ入って行った。

直美が腕組みをして山口をにらんだ。

「お嬢さん、こいつですか、あなたの後を尾《つ》けてたのは？」

「ええ、そうです」

気付かれていたのか、と山口はショックを受けた。

「私が美術館へ入った時から、ずっと尾けてるんです」

警官は山口の方へ向いて、

「どうなんだ？　事実か？」

こうなっては仕方ない。

「尾けてたのは美術館からじゃない」

「嘘《うそ》よ！　ちゃんと見てたのよ！」

「君が家を出る時からだ」

直美が目を丸くした。

「――私はこういう者で……」

と山口は警官へ身分証明書を見せた。

「〈××探偵社〉……」

「探偵？」

直美は啞然《あぜん》とした様子で言った。「仕事で私を尾行していたの？」

「その通り」

「誰に頼まれて？」

「依頼人の秘密は明かせないのでね」

「聞かなくたって分かるわ」

直美はムカッとした様子で言った。「長谷川さんったら！」

警官は直美へ、

「どうします？　一応ここへ電話して確かめますか？」

「いいえ、結構です。お騒がせしました」

直美はキッと山口をにらんで言った。「もう尾行を中止してちょうだい！」

「それはできないよ。仕事なんだから」

「私が言ってるのよ！」

「君は依頼人じゃない」

「依頼人の雇い主よ！」

「依頼人が誰かは明かさない」

直美は凄《すご》い目付きで山口をにらむと、プイと交番を飛び出して行った。山口は警官から身分証明書を引ったくって、その後を追った。

2

「ついて来ないでよ！」

足早に歩きながら、直美は怒鳴《どな》った。

「そうは行かない！」

山口も負けずに言った。こうなったら、何も離れて尾行する事はない。ピッタリ、くっついていてやる！

「あっちへ行ってよ！」

「仕事なんだ！」

「見失ったって言えばいいじゃないの」

「とんでもない！　君を見失ったら、即クビなんだ。生活がかかってるんだ！」

「あんたのクビなんて、私に関係ないわ！」

山口はムッとして、

「何を言ってるんだ！　君はいいご身分で暮らしてるが、こっちはクビになりゃ、明日から路頭に迷うんだぞ」

「野たれ死にでも何でもすりゃいいのよ」

直美は足を早めた。山口も負けじ、と急ぐ。直美は、ふと傍《そば》の石段を見上げた。かなり長い、登りでのありそうな石段である。やおら、直美が石段を駆け上がり始めた。若さに物を言わせて引き離そうというつもりなのだ。山口も後を追って駈け上がった。

石段半ばで息を切らしかけた二人、どんどんペースが落ちたが、同じように落ちて行ったので、結局、やっとこ登り切ったのも、ほとんど同時だった。二人ともハアハアと喘《あえ》いで、傍の石の上へ坐り込んで、しばし口を利けない有様。

やっとの思いで、直美が口を利いた。

「心……臓……麻痺《まひ》でも……起こしゃ……よかったのよ！」

「何を……言ってる。……その年齢で……僕と同じくらい……へばっちまって……運動不足だぞ！」

山口も言い返した。

「これは新井様のお嬢様。いらっしゃいませ！」

支配人が急いでやって来た。「お食事でございますか？」

「ええ。席はある？」

「お嬢様のお席なら、いつでもございますよ」

「ありがとう」

と、直美は微笑《ほほえ》んだ。

支配人は直美を、奥の目立たないテーブルへ案内した。直美はメニューを見ようとして、ふとレストランの入口であの探偵がウロウロしているのを見てニヤリとした。

そしてふっと何かを思いついた様子で……。

「――お呼びでございますか？」

「あの入口の所にいる、コートかかえた人。あの人をここへ案内して」

「お連れ様ですか？」

「ま、そんなとこね」

「かしこまりました」

——何やら訳の分からぬままに山口は直美のテーブルへやって来た。

「どういうつもりだ？」

「あら、だってここにいた方がよく見張れて安心でしょ？」

「……ま、そりゃそうだけど」

「それに、あなただって夕食ぐらい食べるんだろうし……」

直美は夕食を注文した。

オードブル、スープ、魚、肉……と続くフルコースだ。

「お腹空いちゃったわ、運動したから」

直美は山口を見て、「あなたも注文なさいよ」

「あ、ああ……」

山口はメニューを広げて目を見はった。一品が三千円、四千円といった値段がズラリと並んでいる。一桁印刷を間違えているのではないかと思った。

「お決まりですか？」

「う、うん……」

山口は一つ咳払《せきばら》いして言った。「コンソメのスープ」

「コンソメスープ……」

「それだけでいい」

「は？」

「それだけでいいんだ！」

「……かしこまりました」

直美は妙な顔で訊《き》いた。

「減食療法でもやってるの？」

山口は苦い顔で言った。

「会社から出る食事代は最高七百五十円なんだ！」

山口はボソボソとスープをすすりながら、直美が、猛烈《もうれつ》な食欲で料理を平らげ、ワインを飲むのを眺めていた。直美が、

「ワインぐらい飲んだら？」

と訊くと、山口は首を振った。

「職業倫理上、そういう事はできない！」

直美は、澄まして、

「あ、そう、じゃ一人でいただいてるわ」

山口はグウグウ鳴るお腹へ、さめたスープを流し込みながら、クビにならなくても、餓死するかもしれない、と思った。

——直美と山口は、新井邸の前までやってきた。

「ここであなたのお役目はおしまいなのね」

「ああ」

「明日も私をつけ回すわけ?」

「四日間って契約だ」

「ご苦労様ね」

直美は最初の腹立ちもややおさまって、却って何やら楽しげに見えた。「じゃまた明日」

直美が通用門から姿を消すと、山口はフウッと息をついた。

「生意気な奴だ、全く」

山口は急いで道を戻ると、最初に目に付いたラーメン屋へ飛び込んで、

「ラーメン、大盛り!」

と大声で怒鳴った。

翌日、九時に新井邸へやって来た山口は目を丸くした。門の前で直美が人待ち顔でブラブラしているではないか。——どう間違えたって十時前には決して起きない、と聞いていたのに……。

直美は山口に気付くと、

「おはよう!」

とにこやかに言った。山口はちょっと薄気味悪くなったが、

「今朝はえらい早いんだね」

と苦笑いをしてみせる。

「ええ、たまには私だって早く起きるわよ。あなたがまだ来てなかったんで、待ってたの」

「そりゃどうも」

「クビになっちゃ可哀《かわい》そうですもの。ね?」

直美は元気良く歩き出して、山口も慌てて追っかける。直美はTシャツに薄いカーディガンをはおり、下はジーパン、テニスシューズという軽装であった。

「何かスポーツでもやりに出かけるのか?」

「ええ、ちょっとね。昨日、あの石段をかけ上がって、息切れしちゃったでしょ。こ

ういうことじゃいけない、と思ったのよ」

「いい心がけだ」

「あら皮肉？」

「いや、本気で褒《ほ》めてるのさ」

「そう。探偵さんに褒《ほ》められるなんて、品行方正の証拠ね」

と直美は笑顔で言った。「あなた、でも年齢のわりに体力はあるのね」

「馬鹿にするな！　まだ若いぞ」

「あら、いくつ？」

「ん……」

山口はちょっと詰まって、「四十……二」

「じゃパパより下かあ。でもかなり老け込んで見えるわよ」

「言いにくい事をはっきり言うな」

「何かスポーツをやってたの？」

「こう見えても昔は柔道初段だった」

「じゃあ力があるはずね！　どうりでガッシリしてると思ったわ」

そう言われて山口も悪い気はしない。

「ま、まあね。今の若い連中とは鍛え方が違う!」

二人は駅の所までやって来た。駅前に、何やら若者たちが男女取りまぜて七、八人集まっていたが、その内の一人が直美を見つけて、

「直美! 来たわよ!」

直美も手を振って、タッタッとそのグループの方へ走って行く。みんなハイキングにでも行くような軽装で、スポーツバッグやら、ナップサックを足下に置いている。

山口はちょっと面喰《めんく》らっていたが、直美が手でさし招いているので、ノコノコと歩いて行った。

「この人がね、探偵さん。私のボディガードなの」

と直美がみんなに紹介すると、一斉に、

「わあ、探偵って一度会ってみたかったの!」

「さすがに体つきがいいわね」

「ピストル持ってるのかしら?」

などと声が上がる。山口は何が何やらさっぱり分からない。

「さ、出かけましょ!」

と直美が言うと、みんな一斉にバッグを手にする。山口が驚いて、

「おい、出かけるって――」

「山登りよ」

「山登り？」

「そう、あなたはどうする？　やめとく？」

山口はこれが直美のアイディアに違いない、と気付いた。畜生！　山が何だ！　ここで引きさがれるか。

「行くとも！　クビがかかってんだからな」

「そう。じゃ悪いけど、その段ボール持って来てくれる？　缶ビールやコーラが入ってるの」

要するに荷物持ちにこき使うつもりだったんだな！　山口はべらぼうに重い段ボールをかかえて、ホームの階段を上がりながら、あの小娘め、憶えてろと毒づいた。

「ほらほら頑張って！」

「もうちょっとよ！」

「ほら足を滑らせないで！」

と笑い声が起こる。――山口は額の汗をハンカチで拭って、また登り始めた。

段ボールの方は、途中で飲んだり分配したので空になり、捨てたのだが、その内、「疲れたァ」とアゴを出す娘が続出して、その分のナップサック、バッグを三つも持たされるはめになってしまった。

それに、いくら何でも背広に革靴である。足は痛むし、靴は滑るし、ネクタイなどはとっくに外してポケットへねじ込んであった。

「これじゃ特別手当をもらわなきゃ合わねえや、畜生！」

とグチッて、さっさと行ってしまった連中に追いつこうと足をふんばった。その拍子に足下の石がグラッと外れて——アッと言う間もなく、山口はズルズルッと急な斜面へ……。

「——遅いわねえ」

ちょいと一休みしていた直美は、道を振り返って言った。「いくら何でももう来てもいい頃だけど……」

「へばってんのよ、きっと」

「ちょっと可哀《かわい》そうだったかな」

「いいじゃないの、直美の行動を監視するなんて、ふざけてるわ！　少しこらしめてやった方がいいかもよ」

「まあ、あの人は仕事でやってるだけなんだけどね」

「でも、いやねえ、中年って薄汚なくって」

と、さっきとは大分評価が違う。他の女の子の一人が、様子を見に戻って行った。

二人いた男の子の一人が直美へ声をかけて来た。

「ねえ、今日は大木《おおき》君、呼ばなかったの？」

「え？――ああ、声かけたんだけど、ちょっと忙しいらしくて」

と直美が曖昧《あいまい》に返事をする。

「そうか。直美がアメリカ行っちまうと、大木君も寂しいだろうなあ」

「そうね……」

直美はちょっとぎこちなく微笑んだ。その時、様子を見に行っていた女の子が走って来た。

「大変よ！　あの人、落ちちゃったわ！」

「ええっ！」

一斉に駆け出して、山道を戻って行くと、道の端にバッグが一つ転がっている。岩がずり落ちた跡がある。

「ここで足を滑らしたのよ」

でいる。百メートル近くあろうか。


「……どうなったかしら？」

「やっぱ、落ちたんじゃない？」

と覗《のぞ》き込む。木と草の密生した急な斜面がずっと落ち込んで、下は急流が岩をかんでいる。百メートル近くあろうか。

「下まで落ちたのかしら？」

「途中に引っかかってる様子はないわね」

と洗濯《せんたく》物か何かみたいである。

「――大変だわ」

と直美は青くなった。「もし……死んじゃったら……どうしよう！」

「いいじゃないの、別に、突き落としたわけじゃあるまいし」

「だって……ふざけ半分に引っ張り回してしまって……」

「責任感じる事ないわ」

「そうだよ、仕事中に死んだんだから、殉職扱いになるさ」

「遺族に見舞い金ぐらい出るわよね」

「生命保険にだって入ってるだろうし」

直美は、しかし、気が気でない様子で、じっと下を見つめている。

「どうしよう……。とんでもない事になっちゃったわ……」

その時、二、三メートル下の茂みがモゾモゾと動いたと思うと、道に迷った熊よろしく、山口がニュッと顔を出した。

「おーい！　ここだ！」

「生きてるわ！」

「当たり前だ！　ナップサックを捜してたんだ。——ロープか何かを投げてくれ！」

直美はホッと胸を撫でおろした。

3

直美たちは、河原に昼食を広げた。

涼しい湿った風が渡って、汗ばんだ肌《はだ》を冷やして行く。誰かの持って来たカセットレコーダーからにぎやかにロックが流れ、食事を終わった者から踊り始めた。山の静けさもこうなっては台無しである。

山口は、連中から離れた所で、それを眺めていた。直美が、紙皿にのせたサンドイッチとコーラの缶を持ってやって来た。

「これ、食べて」

「ん？……ああ。でも……」

「職業的倫理観？　いいじゃないの。これはあなたへのお詫《わ》びのしるしよ」

山口はちょっと笑って、

「分かった。実は腹ペコだったんだ」

とサンドイッチにかみついた。直美は山口と並んで岩に腰をおろした。

「でも、真面目なのね、あなたって」

「ん？　どうして？」

「落っこちそうになってるのに、人のナップサックなんか捜しちゃったりして」

「失くして弁償させられたらかなわんからな。ただでさえ安月給なのに」

直美は笑って言った。

「でも、やっぱり生《き》真面目なのよ、あなたはね」

山口はふっと直美を見て、肯《うなず》いた。

「――そうか。分かった」

「何よ？」

「誰かに似てると思ったんだ」

「へえ。誰だったの？」

「結婚したての頃の女房によく似てる」

直美は吹き出して、

「光栄でございます」

「あんまり光栄じゃない」

「どうして？」

「若い男と逃げちまった」

「――まあ」

「五年前だ。おかげでこんなむさ苦しいスタイルをしてるわけさ」

「子供さんは？」

「いない。――まあ女房にしてみりゃ、こんなうだつの上がらない男、子供でもいればともかく、いや気がさしちまうんだろうね」

「でも……自分で選んだ相手なのに」

「責任感で暮らしちゃ行けないよ」

直美は何やら難しい顔になって、踊っている仲間たちの方へ目を向けた。

「君は踊らないのか？」

直美は黙って肩をすくめた。

「今の若い連中のやる事は分からんよ。静かな山の中まで来て、何もロックを鳴らさんでもよかろうに……。時代が変わったのかな。そういえば、昨日、君の会ってた彼氏、来てないじゃないか」

「大きなお世話よ！」

と直美は怒鳴った。山口は面喰らった。

「あの人はね――」

と直美が言った。「私に別れよう、って言いに来たのよ」

山口は、ちょっと困って目をそらした。

「結婚するんだって。二十二歳なのよ、まだ。でも来年卒業と同時に、入社する事になってる会社の部長のお嬢さんと一緒になるんですって……。だから、もう別れよう、って」

それであんなに長く話していたのか、と山口は思った。はたから見ていると、そんな話をしているようには思えなかったが。――山口は、この娘はなかなかしっかりしているな、と思った。あのいなくなった女房が、相手に別れ話を持ち出されたら、きっと一キロ四方に聞こえるぐらいの声で喚《わめ》き散らすに違いない。

「最初からね、恋愛と結婚は別っていう前提で付き合ってたから、こうなるのは分かってたはずなんだけど……やっぱり、ちょっとショックを受けたのは、少しは幻想を抱いてたからなのね、きっと」

「幻想抜きの恋愛ってのがあるのかい？」

「そうね。――つまりセックスだけとか」

山口が目を丸くした。直美はクスッと笑って、

「大丈夫、そんなとこまでも行ってなかったの、私たち。私、これで意外と真面目なのよ」

「真面目ねえ……」

真面目の定義も変わって来たものだ、と山口は思った。

「――直美！　何してんの！　踊ろうよ！」

と踊りの中から声が飛んで来る。

「今行く！――あなたも踊らない？」

「僕が？　遠慮するよ。ギックリ腰になって帰れなくなったらことだ」

直美は笑いながら走って行った。リズムに乗って体がしなやかに躍動する若さを眺めて、山口は、ごく自然に微笑んでいた。

「若い、ってのはいいもんだな……」

——直美の家へ着いたのは、夜の八時だった。

「お疲れさま」

「明日、どこか遠出するんだったら教えといてくれると助かるけどね」

直美は笑って、

「大丈夫。明日はその辺にしておくわ」

「そいつはどうも」

「服が汚れたわね」

「ん？　まあ、どうせこれ以上汚れようがないくらいだったんだ。同じ事さ」

「じゃ、また明日」

「ああ、おやすみ」

「後二日の辛抱よ」

「全くだ」

直美は軽く微笑んで通用門から姿を消した。山口は、また昨日のラーメン屋へ入って行き、

「ラーメン大盛り！」

と注文してから息をついた。「やっと二日終わったか……」

翌朝、山口が中間報告に出社すると、社長は割合ご機嫌《きげん》で、

「なかなかよくやっとるようだな。依頼人から電話があって、夜も早く帰って来るし、大変助かっとると言って来た」

「そうですか。じゃ、また行って来ます」

「待て。もういい」

「は？」

「若いのの相手は大変だろう。今日と明日は三橋《みはし》の奴を行かせる。お前は前の件の報告書でも作っとれ」

「はあ……」

山口は落ち着かない様子で、訊いた。「あの……先方から何か苦情でも？」

「いや、そうではない。お前も一日、事務所で骨休めした方がよかろうと思ってな。このところ出っ放しだろう」

「はあ、どうも……」

久しぶりで、埃《ほこり》のつもったデスクに坐ったものの、山口は何となく沈んだ気分だっ

た。若い三橋が代わりに出かけて行くのを見送って、ちょっと不愉快な気分になる。どうせこんな事を言うに決まってる――。

「あら、若い人に代わったの？　あの人、きっと神経痛でも悪くなったんでしょ」

畜生！　山口は勝手に腹を立てて、引き出しの中をひっかき回した。

四十分ほどして、社長が山口を呼んだ。何やら妙な顔つきだ。雷を落とそうという時ともちょっと違う。

「何か？」

「ウム。……何かよく分からんが……」

「は？」

「三橋から電話でな、向こうの娘が、お前でないとだめだ、と言って聞かんそうだ。一体どうなっとるんだ？」

「やあ、ご指名ありがとう」

山口は言った。「三橋の奴じゃだめなのかい？」

「そうよ！　あんなニヤけた人、大嫌い！」

山口は思わず笑って、

「奴は社で一番のプレイボーイを自認してるんだ。きっとショックだったろう」

「もう二日間、お付き合いしてよ」

と直美は微笑んで言った。「いいでしょ？　もう山には引っ張って行かないから」

「今日はえらくドレッシーだね」

「まあ、ありがとう」

明るい萌葱《もえぎ》色のワンピースを着た直美はちょっと足取りを弾ませて、「デイトですからね、今日は」

「何だ、そうなのか。じゃ離れていよう」

「馬鹿ね、離れてちゃデイトにならないじゃないの」

「え？」

山口は目を見張った。「僕のことか？」

「そうよ。いやならいいけど。その代わり逃げて姿をくらましてやるから」

「わ、分かったよ！」

山口は言った。——正直、そう悪い気もしない。

直美は山口をデパートの紳士服売り場に引っ張って行き、吊《つる》しの背広を一着買って、ズボン丈をその場で直させた。本来なら無理な相談だが、直美がデパートのお偉方へ直接電話すると、たちまちの内にでき上がり。山口はただ呆然《ぼうぜん》としていた。

「おい、こんな事を——」

「いいの！　黙って着てちょうだい。昨日のお詫びの気持ちなの。こうしないと気が済まないのよ。ね、何も言わずに受け取ってちょうだい」

「しかしこんな高いもの——」

「いいの。私、お小遣い、毎月十万円もらってるんだもの」

「十万！」

俺の月給と余り違わない！——しかし、問題はやはり仕事の上で物を受け取るという点である。だが、直美の真剣さを、これ以上拒むのは、彼女に悪いという気がした……。

「じゃ、ありがたくいただくよ……。でも、これと交換に何かを見逃せなんて言わないでくれよ」

「大丈夫よ」

直美はクスクス笑いながら、首を振った。「あなたって、どうしてそう真面目なの？」

——背広だけでは済まなかった。そうなると靴も、ワイシャツも、ネクタイも、という事になり、かくて古ぼけた靴、くたびれ切った背広、ネクタイ、薄汚れたワイシャツはその場でくずかごへ直行の運命となった。

「着せ替え人形だなあ、まるで」

山口は、次はシャツとパンツだと言われるかとハラハラしていた。

「大分シャンとして来たわよ」

「よっぽど今までひどかったみたいだな。——しかし、この格好で会社へ行ったら、宝くじでも当たったかと思われるよ、きっと」

二人は夕方になると、一昨日のレストランへ行った。

「おいおい、またスープだけ飲ます気かい？」

「大丈夫よ。ここの支払いは父の口座から払ってるの。私がおごるわけじゃないからご心配なく」

「しかし……」

「いいじゃないの。買収しよう、っていうんじゃないんだから」

山口も、服や靴まで買ってもらって、食事だけ断わるというわけにはいかず、諦《あきら》めてテーブルについた。

「こんな食事をするのは何十年ぶりかなあ」

「どうぞ、お腹一杯食べてちょうだい」

山口の中の一片の職業的良心は、こみ上げて来る猛烈な食欲の前には、到底敵ではなかった……。

「やれやれ、今日はすっかり君に世話かけちまったね」

夜九時、二人は新井邸の門の所までやって来た。

「楽しんでもらえたら嬉《うれ》しいの」

「大いに楽しみ、かつ食ったよ。——しかし君、アメリカへ行くのがいやなんだって？」

「ええ」

「どうして？ みんな喜んで行くのに」

「彼と離れたくなかったのよ」

「あの、別れた彼と？」

「そう」

「そうか……。じゃ、もう行く気になったんだね」

「気は進まないけど……仕方ないわね」

「じゃ、また」

「明日一日ね」

「そうだね。――おやすみ」

　山口が歩き出すと、

「待って」

　と直美が追いかけて来た。

「何だい？」

　いきなり直美が背伸びをして山口の唇《くちびる》へ唇を押し当てて来た。そして山口がポカンとしている内に、

「おやすみなさい！」

　と言って、通用門から姿を消してしまった。山口が我に返るまでに、たっぷり三分はかかった。

4

「はあ、そうなんです。どうも熱っぽくて、体がだるくて、関節が痛くて、頭が重く

て……」

これじゃまるでご臨終だな、と山口は思った。「……ではよろしく。例の仕事の方は誰か代わりを行かせて下さい」

公衆電話から会社へ休みの連絡をした山口は、タバコを買い込んでからアパートへ戻った。

六畳一間、大人一人立ったら一杯の台所……。殺風景な、侘《わび》しい、独身者《ひとり》の部屋である。山口はペチャンコの座布団を枕に、ゴロリと横になった。

タバコをふかしながら、昨夜の、あの瞬間を思い出してみる。女の子――それもあんな若い女の子にキスされたのなんて……、女房と出会った頃以来だ。何しろその方も至って真面目で、女房以外の女性を知らないという男である。

しかし、あの娘、どういうつもりなのだろう？　ほんの気まぐれというやつなのか。何しろ今の若い奴らの考える事は分からないのだから。――ともかく、あんな事があった以上、仕事は続けていられない。そう決心して、山口は仮病で休む事にしたのである。

「しかしなあ……服を買ってもらって……まずい事になったな」

返しに行くにも、古い服を捨ててしまったので、後で着る物がない。「ま、仕方ない。もらっとくか。向こうは金持ちなんだからな……」

　さて、今日はどうしようか。一日ゴロ寝ってのも、たまにはいいか……。

ドアをドンドン叩く音。山口は渋々立ち上がった。押し売りかな。

「はい」

とドアを開けて、山口は目を丸くした。直美が立っているのだ。

「あら、病気じゃなかったの？」

「君……どうしてここへ？」

「他の人が来たんで、訊いてみたら病気だっていうから……その人をまいて逃げて来たの」

「どうしてここが分かった？」

「生命保険会社の者ですっていって、おたくの会社に電話して、教えてもらったのよ」

　直美は部屋へ上がって来て、見回した。「割ときれいね……」

「お世辞か皮肉かい？」

「あら、本気よ。男の学生の部屋に行く事ぐらいあるもの。それよりよほどいいわ」

　山口は頭をかいて、仕方なくドアを閉めた。

「君……明日はアメリカに発つんだろ」

「うん」

「準備があるんじゃないの？」

「その準備に来たのよ」

「僕の部屋に？」

「ねえ、どこかへ行きましょうよ」

「どこか、って……」

「私の日本最後の日よ」

「大げさだねえ」

「思いきり楽しみたいの。いいでしょ？」

「しかし、どうして僕なんかと……」

「真面目人間だから安心だもの」

果たして喜んでいいのかどうか、山口は複雑な気分だった……。しかし、ともかくこれはまずい。

こんな若い娘とこんなくたびれた男とが……。それに職業上の倫理にもとる事だ。こういう事はいけない、と言って聞かせなくては……。

「ねえ、君——」

「もしもし、起きて下さい！」

「ウーン」

「早く起きて下さい！」

「……何だよ……今日は日曜だろ」

山口はブツブツ呻《うめ》きながら、モゾモゾと身動きした。にかわでくっつけたような上下の瞼《まぶた》を無理に引き離すように開ける。——何だ、これは？　目の前に突っ立ってるのは……和服姿の……旅館のおばさんか何かかい？

「誰だい……あんたは」

自分の声が頭の中をはね回るように響く。どうしちまったんだ、俺は？——頭痛、全身のだるさ、鉛を呑《の》み込んだような重苦しさ。どうやらこいつは〈二日酔い〉というやつらしい。しかし最近、二日酔いになるほど飲んだ事があったろうか？　大体そんな金なんか、ありゃしないのに……。

「お目覚めですね」

女の声に、やっと視界のピントが合った。

「私は長谷川君代です。あなたの探偵社へ、お嬢様の護衛を依頼した者です」

「ああ、こりゃどうも――」

と起き上がろうとして、ギョッと毛布を引っ張り上げる。裸だ！　丸裸である。一体どうなってるんだ？

「こ、ここはどこです？」

「お嬢様のお部屋でございます」

「何ですって！」

「昨夜はお嬢様が、えらく酔ったあなたを連れて帰られ、仕方がないから、どこか空いた部屋へお泊めするようにとおっしゃいまして、来客用の寝室へお連れしたのです。ところが今朝、私がここへ参りますと、お嬢様とあなたが一つベッドに……」

「まさか！」

「憶えていらっしゃらないのですか？」

「はあ……」

「私が、『警察を呼んで暴行罪で訴えましょう』と申しますと、お嬢様は、『この人のおかげで、日本での最後の四日間がとても楽しかったんだから、これでいいのよ』とおっしゃって……。あなたがお目覚めになったら、その事をお伝えするようにと……」

山口はベッドの中に、まだ彼女がいるかのように、シーツのしわをじっと見つめていたが、

「彼女はどこです？」

「もう成田の方へお出かけになりました」

「い、いつです？　飛行機は何時の――」

「飛行機は確か二時頃かと思います。今からいらっしゃっても、たぶん間に合いますまい」

山口は、

「タクシーを呼んで下さい！」

と叫んだ。「大至急です！」

「もう間に合いませんよ」

「間に合わなくても間に合わせます！」

とめちゃくちゃな事を言い出す。そして、君代が前にいるのも構わず、ベッドから素っ裸で飛び出ると、床へ散っていた服を着始める。君代は慌てて目をそらしながら、

「車の運転はおできになります？」

「もちろんです！」

「ではここの車がございますから……」

「じゃそれを！　キーを下さい！」

身支度ももどかしく、山口は邸《やしき》を飛び出し、新井家の車へ乗り込むと、正門が完全に開くのも待たずに、すり抜けるように走り抜けて、表通りへと車を駆って行った。

呆れたような顔でそれを見送っていた長谷川君代は、門を閉じると、ゆっくり邸の中へ戻って行った。ちょうど電話が鳴った。

「はい、新井でございます」

ニューヨークからの国際電話であった。

「もしもし、長谷川さんかね」

「旦那様！」

「どうしたね、直美は？　出発したかい？」

「はあ、それが――」

「何て事だ……」

車を走らせながら、山口は呟いた。「俺みたいな、だめな男に……何だって、よりによって俺なんかに……。畜生！　こうなったからには離さないぞ！……誘拐でも何でもやってやる！　ニューヨークの親父《おやじ》さんが怒ったって、日本のベッドの中までは手が出ないだろう。何が何でも連れ戻してやる！……そうだとも！　年齢だってたった二十しか違わないんだ！　俺だってこれからなんだ。あの娘さえいてくれたら……。そうだ！　絶対に連れ戻すぞ！」

——ニューヨーク行きの日航ジャンボ機は、ゆっくりと機体を地面から持ち上げ、飛び上がって行った。

直美は窓際の座席から、次第に遥《はる》か下へと沈んで行く大地を眺めていた。

あの人は、もう起きたかしら、と思った。きっとひどい二日酔いで、しばらくはベッドから出られないだろう。

昨日、めちゃくちゃに飲ませて、酔わせたのは、直美の考えだった。こうでもしなくては、あの人は私に手を触れないに決まってる、と思ったのだ。でも、私を抱いた時も、ひどく酔っていたし、きっと何も憶えてはいまい、と思うと、ちょっと寂しかったが、それでもこの体が彼と一つになったという記憶がある。それだけでいい、と思い直した。

ひどく衝動的な、捨て鉢《ばち》な行為に見えるかもしれないが、直美なりに、一人の男性を信頼し、愛したのだから、後悔はなかった。

あの人の事だ。きっと責任感やら職業的倫理観ゆえに思い悩む事だろう、と考えて、直美は微笑んだ。

でも、よかった。日本を離れる前夜に、忘れられない思い出ができた……。

「お客様に申し上げます」

アナウンスがあった。「お客様に申し上げます。お急ぎのところ、誠に申し訳ございませんが、本機は都合により一旦成田空港へ戻ります……」

客席がざわめいた。

「どうしたんだ……」

「何事だ」

「いやねえ」

と方々で声が上がったが、どうしようもない。機はゆっくりと向きを変え始めた。

ジャンボ機はなぜか空港の端の方へ停まり、空港バスへと乗客は乗り込んでターミナルへ向かった。

バスの窓から、ぼんやりと、近付いて来るターミナルを眺めていた直美は、はっと息を呑《の》んだ。見送りの、ガラス張りのデッキの所に立って手を振っているのは……あの人だ！

「すみません！」

　直美は空港の係員を呼んだ。

「何かご用ですか？」

「あの、私、乗るのやめます」

　係員は面喰らった様子で、

「でも、二、三時間すれば出発できると思いますけど……」

「いいんです。キャンセルします」

「でも、お荷物は……」

「いらないわ。適当に処分して下さい」

「そういうわけには……」

　係員は困り果てた顔で頭をかいた。


　ロビーへ出ると、直美は、待っていた山口の胸に飛び込んだ。

「――来てくれたのね！」

「もちろんだ！　君を連れて帰るよ。ずっと僕のそばに置いておく。いいね？」

「ええ！」

　二人は駐車場の方へ歩きながら、

「じゃ、君代さんが車を出してくれたの？——今朝はずいぶん怒ってたのに。……私の気持ちを分かってくれてるんだわ」

「車を返すのは後でいいだろう」

「ええ。別に誰も使わないから。どうして？」

「君を捕まえて安心したら、急に腹が空いて来た」

「まあ！」

　と直美は笑った。

　車に乗り込んで、

「どこへ行くの？」

「ホテルを予約したんだ。ゆっくり食事をして、寛《くつろ》いで、それから……」

「え？」

「僕らの初夜と行こう。昨夜は前後不覚だったからな」

「いやあね！」

　と直美は顔を赤らめた。「——でもちょうど飛行機が戻って来てよかったわね」

「爆弾を仕掛けたって電話があったんだよ」

「まあ怖い！」

「でも戻って来てすぐ、いたずらだって分かったらしいよ」

「そう。よかったわね。でも私たちには好都合で――」

言いかけて言葉を切り、まじまじと山口の顔を見つめる。「まさか、あなたが……」

「冗談じゃないよ！」

山口は真面目くさった顔で、「僕は職業的倫理観に忠実な男なんだぜ！」

そう言うと勢いよく車をスタートさせた。

脱出順位

1

コック見習いの安川《やすかわ》は、調理場で大欠伸《あくび》をしていた。まだここへ来て三日にしかならなかったが、もうコック稼業《かぎょう》に見切りをつけていたのだ。もっとも安川が一か月と続いたアルバイトは一つもなかった。――セールス、街頭宣伝、スナック……。どれも、安川にとっては余りに重労働であった。

コックなんて、そう動き回る商売でもなし、楽だろうと勝手な想像をしていたのだが、とんでもない話だった。材料の運搬、残飯の整理、鍋《なべ》洗い。どれを取っても今までのどんなアルバイトより厳しかった（もっとも、安川はいつもそう思っていた）。

「明日から来るのをよすか……」

また欠伸をしながら呟《つぶや》いた。そろそろ九時になる。夕食の客も一段落して、調理人たち——といっても三人しかいない——の内の二人は別室で遅い食事を摂《と》っている。残る一人が、

「油の温度を見てろよ」

と安川に言いつけて、電話をかけに出てしまい、今、安川は一人だけ、というわけである。目の前では大きな鍋《なべ》に油が満々と湛《たた》えられて、ガスの火が底を包んでいた。

「畜生！　腹が減ったなあ！」

食事も見習いは最後だ。それも安川には気に入らなかった。三日でやめたら、バイト料ももらえないだろうが、まあ、友達の所へでも転がり込めば二、三日は食える……。

「あ、いけねえ」

油の温度が上がりすぎていた。慌てて火を小さくしようとして腕が軽く鍋に触れ、油が波を打った、と思うと次の瞬間、鍋は炎の海と化した。ゴーッと唸《うな》りを上げて炎は吹き上げた。

安川は慌てて後ずさって、舌で唇《くちびる》をなめながら、「知らねえ……。知らねえぞ……俺は知らねえ！」

と呟いた。——誰かに知らせなくちゃ、という思いがちらりと胸をよぎったが、何もかも放り出したいという衝動の方が強かった。安川はコックの服を脱ぎ捨てて、急いで調理場から廊下へ出ると、素早く左右を見回した。電話は廊下の角の向こうにあるので、調理人の目には付かないはずだ。

安川は急ぎ足で廊下を抜け、階段から下へ降りて行った。——ビルの一階はショッピング街になっていて、まだ若い娘たちで賑《にぎ》わっている。安川はその人の流れに紛れ込むとホッとして息をついた。

火？　もうとっくに消えてるさ。そうとも、油に引火しただけじゃないか。油が燃え尽きりゃ消えるに決まってるさ！

安川はそれ以上、火のことは考えもしなかった。もう明日ゆっくり一日眠ることだけを考えていた。

このオフィスビル——一階から三階まで、店舗の入った——は、二十五階の高さがあって、その最上階の宴会場では、K産業株式会社のパーティが開かれていた。

「おめでとう」

声に顔を上げると、浅野紀子《あさののりこ》が微笑《ほほえ》んでいた。

「君までそんなことを言うのか」

城野政雄《じょうのまさお》は手にしたコーラのグラスへ目を落としながら呟くように言った。

「あら、だって、今日の主賓じゃないの」

「僕なんか付け足しだよ」

「そうすねないで。このパーティの費用だって、あなたが稼ぎ出したようなものよ。みんなにおごってるんだ、って大きな顔してればいいのよ」

いつもながら、紀子の言葉は彼の背中をポンと叩《たた》いているような響きがあった。

浅野紀子は三十歳になって、まだ独身だった。すっきりとした容姿の、なかなかの美人だが、宣伝部では部長に次ぐ発言力を持ち、幹部から一目置かれている。こういう女性はついつい男性側の方で敬遠することになりがちである。――そのせいかどうか、今の所、噂《うわさ》になるようなボーイフレンドもなかった。

城野政雄は、行動的で目立つ紀子とは正反対に、どこにいても一歩奥へ退いて自分を目立たせないようにする男だった。三十八歳。母親と、娘一人と暮らしている。男やもめだ。

「やあ、城野さん！」

ウイスキーのグラスを手に、いい加減酔いの回った顔で声をかけて来たのは経理部の若手の一人、花崎《はなさき》だった。「いや、ご成功おめでとうございます！」

「ありがとう」

「いや、きっとあなたは何かやると僕は思ってたんですよ。いや、おめでとう！　おめでとう！」

正月でもないのにくり返すと、「握手しましょう！　握手！」

と手を出して来る。城野が苦笑いしながら握り返すと、花崎は、

「いや、本当におめでとう！」

とニヤついて、またフラフラ行ってしまった。

「軽薄の見本ね」

と紀子は手厳しく言って、「人は悪くないんでしょうけど」

「ああいう男も必要さ」

K産業のパーティは、立食形式で、この二十五階の展望フロアを借り切って開かれていた。七時に始まってすでに二時間余り。遠距離通勤の女子などはもう大分前に姿を消し、七十名で始まったパーティも今は四十名余りに減っている。

立食形式とは言いながら、壁際には椅子が並べられ、社長を初めとする老齢の面々はパーティ開始早々から、もう腰を降ろしてしまっていた。

「日本人はこういうパーティは苦手ね」

と紀子が言った。「会話の社交ってのが不得手だからかしら」

「人のことは言えないね。僕もそうだ」

「そうね。でもあなたはいいわ。いつも一人でいるだけだもの。只の酒に群がる人たちとは違うわ」

「みんな思い切り飲むほどの余裕がないからさ。責めては可哀《かわい》そうだよ」

パーティが始まると、テーブル毎に、会社内の派閥が集まる。社長、専務らのグループ、中堅管理職のグループ、平社員の中の不満派のグループ、若手のグループは女子の集まったテーブルの周囲を衛星の如《ごと》く巡る。

それは全く面白い図式である。その中では、確かに城野は異端児と言ってよかったかもしれない。彼も以前は平社員の不満派に属して、バーで上司の悪口に憂さを晴らしていたものだ。――そう。今、城野が持っているのはコーラのグラスで、酒も最近断ったのである。

「城野君」

彼の上司である営業部長の一色《いっしき》がやって来た。「社長がお呼びだよ」

「はあ」

城野は気の進まぬ様子で、壁際を離れた。

「いや、君の今度の業績には俺も鼻が高いよ」

一色部長はご機嫌《きげん》である。「君が現地でもう一週間粘りたいと言った時は正直、怒鳴りつけてやろうかと思った。しかし君はついに契約をものにして来た。俺はほとんど諦《あきら》めていたんだよ。向こうから完全に否《ノウ》の返事が来ていたんだからな」

「断わられた時から営業マンの仕事が始まると、いつも部長はおっしゃってるじゃありませんか」

城野は皮肉を言ったが、一色はただ愉快そうに高笑いしただけだった。城野は思った。皮肉はそれを理解できる相手に言わなければ逆効果だな……。

「お呼びと伺いましたが」

社長の福原《ふくはら》の前に立って、城野は言った。

「ん？　ああ……城野君だったね」

「はい」

「今回は大変よくやってくれた」

「運が良かっただけです」

「いや、そう謙遜《けんそん》することはないさ」

福原社長は七十歳を過ぎているはずだった。――話があるなら社長室へ呼べばいいのに、と城野は思った。あの椅子に坐っているからこそ、この小柄な老人は社長でいられるのだ。こうして、他の社員たちと同じ椅子に坐って並ぶと、目立たない一人の年寄りに過ぎない。

「今度の功績には充分報いたいと思っておる」

「恐れ入ります」

「君は……営業一課だったな?」

「二課です。林《はやし》課長の下で」

「ああそう。そうだったな……。林君と充分相談して決めよう。まあ……これからも頑張ってくれたまえ」

「ありがとうございます」

福原社長の話は終わったらしかった。城野は一礼して、紀子のいる場所へ戻って行った。

「何の話だった?」

「お賞めの言葉を頂戴《ちょうだい》したってところかな」

「社長ももう引退の潮時ね。今辞めないと、その内辞めようとも思わなくなるわよ」

「君は辛辣《しんらつ》だね」

城野は笑いかけてふと、眉《まゆ》を寄せた。「——何の音だろう?」

「え?」

「ほら……。廊下だ」

「ベルね。電話かしら?」

「いや、途切れずに鳴ってるよ。——非常ベルだ」

「まさか!」

「ともかく廊下へ出てみよう」

二人はちょうど出口に近い所にいたので気付いたのだが、他に気付いた者はいなかった。

正面のクロークには誰もいなかった。短い廊下を抜けてエレベーターの乗り口の所まで来ると、けたたましい音で非常ベルが鳴っている。

「何かしら?」

と紀子が不思議そうに言った。

「火事かもしれない」

「そんな!」

「だって、現にこうして鳴ってるんだよ」

「いたずらか、操作のミスかもしれないわ。それに火事なら連絡があるはずよ」

「非常時には〈するはず〉は通用しないんだ。みんな慌てているからね」

「じゃ、私、下へ行って見て来るわ」

紀子がエレベーターのボタンを押した。

「行っちゃだめだ！」

と城野が鋭い口調で止める。

「どうして？」

「火事の時はエレベーターは使うもんじゃないんだ。乗っていて停電したらどうなる？」

「それじゃ――」

と紀子が言いかけた時、エレベーターが上がって来て扉《とびら》が開いた。黒い煙がどっと溢《あふ》れ出て来て、紀子は急いで飛びすさったが、煙を吸い込んで激しくむせた。

「大丈夫か？」

「ええ……ええ、大丈夫……もう大丈夫よ」

紀子は目から溢れる涙を拭った。煙がしみたのだ。エレベーターは扉が閉まり、降りて行った。

「本当に火事なんだわ！　どうするの？」

城野は、顔から血の気が退《ひ》いているのが分かった。

「ともかく、みんなに知らせなくちゃ」

廊下を戻って行くと、クロークの電話が鳴った。城野は飛びつくように受話器を取った。

「はい！」

「二十五階ですね」

「そうです」

交換手らしい女性の声がした。

「クロークの係は……」

「いないんです」

「お客様ですか？」

「そうです」

「二十五階に、今、何人いらっしゃいますか？」

「四十人ぐらいですが」

「三階から火災が発生して、今九階まで火が回っているんです」

「九階！　どうしてもっと早く——」

「何度もかけていたのですけど」

「分かりました。それじゃ階段で降ります」

「階段は使えません。階段づたいに火が回っているのです」

「ではどうすれば……」

「階段口の防火扉を閉じて下さい。エレベーターは停電になった場合危険ですから使わないで下さい。今、消防署の方に報告して、すぐに連絡します。このまま待っていて下さい」

「分かりました」

　城野は紀子へ受話器を渡して、「電話に出ていてくれ。僕は防火扉を閉めて来る！」と、言ってエレベーターの横にある階段口へ走って行き、下を覗《のぞ》いて見た。わずかだが、煙が下からゆっくりと立ち昇って来ている。

　急いで重い防火扉を引っ張る。ガシャンという音を響かせて扉が閉じると、城野はクロークへと取って返した。紀子はじっと受話器に耳を傾けたまま、彼へ首を振って見せた。消防署員も頭をかかえているに違いない。エレベーターも階段もだめと来ている。どうやって四十人の人間を避難させるのか。

宴会場へ入ると、城野は大声で怒鳴った。

「静かに！　聞いて下さい！」

一瞬会場が静まりかえった。

「今、連絡があって、三階から出火、火が上へ回って来ているそうです」

みんなの驚きの表情を見ることはできなかった。彼が言い終わった時、明かりが一斉に消えたのである。

2

その夜——といっても、三年前、城野が三十五歳の時のことである——バーに顔を並べていたのは、まだ営業一課長だった一色、二課長の林、花崎、城野の四人だった。

何の話からか、火事のことに話題が移った。

「どうだろうね」

と言い出したのは一色であった。「もし火事になってだな、女房か子供かどっちか一人しか救えないとなったら、どっちを選ぶ？」

「そいつは難しいね」

林が首をひねった。「女房を助ければ子供が死ぬ。子供を助ければ女房が死ぬ、か……」

「とても決められませんね」

城野は至って真面目に答えた。「どちらも助けたい」

「それが不可能な場合だよ。どうする？」

一色は面白がって訊いた。

「さあ……」

城野は不愉快だった。そんな縁起でもない話を冗談の種にするのが嫌だった。

「僕は独身ですがね」

と口を出したのは花崎だった。いい加減酔いが回っている。

「僕なら女房ですね」

「ほう、どうしてだ？」

「だって子供はまた作れますよ。そうでしょう？　しかし女房は一人だけです」

それはその通りだ。しかし、そう割り切って子供を見殺しにできるだろうか……。

俺にはとてもできない、と城野は思った。

「それも一理あるな。しかし、俺なら逆だね」

と林が言った。「子供はもうできるかどうか分からんぞ。女房なら替えがきく」

「なるほどね、それもそうだ」

と一色が肯《うなず》いた。「子供ってのは半分は俺だ。しかし女房は他人だからな。——女房を替えるってのも悪くないや」

城野は黙って水割りのグラスを傾けていた。

「おい、お前はどうするんだ?」

一色がしつこく言った。

「さあ……。その場になってみませんとね」

と城野は逃げた。

「はは、逃げたな。——だが、決めておかんと、その時迷ったらどっちも助からんということになりかねないぞ。日頃から心に決めておくんだ!」

「それじゃ僕も子供を優先ってことにしておきますよ」

城野は面倒になって答えた。

「しかしですね、子供一人残されても、こっちは困るでしょう」

花崎がまた口を挟《はさ》む。「二人目の女房をもらうにも、コブつきじゃ、ろくなのは来ませんよ」

「うん、それも考え方だね」

と林が肯く。

「女房や子供の年齢にもよるな。つまり……」

議論はそれから延々と続いた。城野は馬鹿らしくなって一人、黙々と飲んでいた。

誰かが言っているのが耳に残った。

「子供だ！　絶対に子供だ！　男たる者、自分の血筋を絶やしてはならん！　女はいくらもいる！　子供を助けるんだ！」

誰が言っているのか、いい加減酔っていた城野には分からなかった。――気が付いてみると、家への道を千鳥足で辿《たど》っていた。

冬の夜で、空気が凍りつくように冷たかった。城野のアパートは駅から十分ほど歩く所で、いつもここを歩いている内に酔いがさめるのだった。

「やれやれ……」

少し控えなきゃいかんな。酔いが後を引くようになったし。俺も三十五だ……。

アパートが見える所まで来て、城野はふっと足を止めた。アパートの辺りがいやに明かるい。もっと暗くて、ポツンと街灯が灯っているだけのはずだが……。頭を振って見直すと、アパートが火に包まれているのが分かった。

「けが人は?」

浅野紀子が城野に訊いた。

「分からん。七、八人ってところかな」

城野は首を振った。「大体、ビールびんやグラスを踏みつけたり、破片の上へ転んで切ったりした傷だ。半田《はんだ》君がふくらはぎを切ってかなり出血してる」

「ひどいことになったわね」

「停電したのがまずかったよ」

――また明かりがついていた。非常用電源に切り換わったのだろう。その間、十秒足らずのことだったが、正にパニック状態となってしまった。出口へ向かって四十人が一斉に殺到した。テーブルが倒れ、ビールやコーラが床にぶちまけられ、グラスが割れた。足を取られて転ぶ者がいるとたちまち何人かが折り重なって倒れた。女性の悲鳴と、

「早くしろ!」

「ぐずぐずするな!」

という男の怒号が飛び交う。けがをした女性が泣き喚《わめ》く声が反響する。出口の所は、押しのけ、突き飛ばし、まるで戦場のようになった。

一瞬唖然《あぜん》としていた城野は、

「落ち着いて！　動かないで！　そっちへ行ってもだめだ！　階段もエレベーターも使えないんだ！　静かに！　やめるんだ！」

と必死で叫んだが、誰の耳にも入らない。——その時、明かりがついたのである。

「消防署の人からは何と言って来てる？」

と城野は訊いた。

「まだ決めかねてるそうよ。また電話するって」

「そうか……。早く何とかしてくれないことには……。君は電話の所にいてくれ」

「分かったわ」

——パーティ会場は惨憺《さんたん》たる有様だった。オードブルやサンドイッチの残りが床に散乱し、ビールやコーラが床に池を作っているのでひどく滑った。ビールびんやグラスのかけらが至る所に落ちているので、危険だった。

みんな壁際の椅子に坐り込んで、黙りこくっていた。けがをした女子社員がすすり泣いて、その周囲の女性にも伝染しそうな様子だ。これではまずい。城野は、一番若くて、まだ入社してひと月にしかならない、庶務の永屋典子《ながやのりこ》に声をかけた。

「永屋君」

「はい」

よし、この娘は落ち着いているぞ、と城野は思った。

「悪いがトイレへ行ってモップを探して来てくれないか。床のガラスや水をあっちの隅へ押しやっておかないと、また誰かが滑って転んでけがをする」

「はい！」

永屋典子は仕事ができて却《かえ》ってほっとした様子で、会場を出て行った。城野は横になって呻《うめ》いている半田道代《みちよ》の上へかがみ込んで、

「どうだね？」

と訊いた。半田道代は彼の前の席に坐っていて、いつも彼が書類の清書などを頼んでいる娘だ。

「ええ……。あまり……感覚がなくなりました……」

青ざめた顔で答える。城野は、ふくらはぎの傷からまだ出血が止まっていないのを見て、

「よし。もう少しきつく上の方を縛っておこう」

とネクタイを外し、彼女のひざの下あたりをぐっと縛った。半田道代はちょっと顔をしかめた。

「痛いか？」

「いえ……でも……」

「何だね？」

「ネクタイがもったいないわ」

城野は微笑んで彼女の手を握った。

「僕の誕生日に新しいのをプレゼントしてくれよ」

「ええ」

半田道代は弱々しいながらも微笑を浮かべて、「カルダンとサン・ローランとどっちがいいですか」

と訊いた。傍《そば》にいた庶務の女子社員が、

「城野さんならエルメスだわ」

と口を挟んだ。

「あら、ノーマン・ハートネルの渋いのが似合うわよ」

他の方からも声がかかる。――雰囲気がずっとほぐれて来た。城野は半田道代の手をもう一度握ってやって、そこを離れた。

福原社長は、さっきの騒ぎの時もさすがにじっと坐ったままだった。今は重役たちが周囲に集まっている。しかし相談しているわけではなかった。ただ黙って集まっているだけなのだ。——一色部長も、林課長も、ドアへ向かって我先に押しかけた口らしく、髪はクシャクシャ、ネクタイはよじれ、手をすりむいて、何とも惨めな体たらくだ。

城野が近付いて行くと、一色部長が椅子から腰を浮かして、

「城野君！　どうだね？」

「どうも、まだ指示がありません」

「一体どうする気なんだ。畜生！」

一色は吐き捨てるように言った。

「落ち着くんだ」

福原社長が言った。「向こうだってちゃんと考えているさ。大丈夫だ」

「しかし社長——」

「階段は本当にだめなのかね？」

と林課長が訊いて来た。

「もし通れれば、消防の人が上がって来ていますよ」

「分かるもんか！　下で火を消すのに精一杯なんだ！　こっちのことなんか後回しさ！」

一色部長が憤慨して苛々《いらいら》と歩き回る。

「下で火が消えれば問題ないじゃありませんか」

と城野が言うと、一色部長はムッとした顔で黙ってしまった。

「階段の様子を調べたらどうかね、誰かが少し降りてみて……」

林課長はまだ諦め切れないらしい。

「煙にまかれたら終わりですよ。煙は怖い。とても無理です」

城野がきっぱりと言った。

「そうか……」

福原社長が城野を見た。「君は火事に遭《あ》ったんだったね」

「はい」

「いつだったかな？」

「三年前です」

「確か……奥さんが亡くなったんだね」

「はい」

「そうか」

福原社長はゆっくり肯いた。「……城野君の判断を信じた方がいいよ、林君」

「はあ」

城野は一つ息をついて、

「消防署から連絡が来るでしょう。そうしたらすぐお知らせに来ます」

「頼むよ」

福原社長が肯いた。

背後で笑い声が起こった。振り向くと、永屋典子がモップを両手に一本ずつ持ち、ハンカチではちまきをして床を掃除し始めたのだ。その格好が妙に板についていて、おかしいのである。

他の女子社員たちも椅子から立って来て、一人がモップを一本引き受け、他の者は大きなガラスの破片を拾ったり、バケツを持って来たりした。

いいぞ、と城野は思った。何もしないでブツブツ言っている奴よりよほどしっかりしている。

「転ばないように気を付けろよ！」

ドアへ歩きながら声をかけると、永屋典子が元気よく、

「はい！」

と返事をする。

廊下へ出ると、紀子が電話で話していた。

「はい。――はい。――分かりました。ちょっとお待ち下さい」

と城野へ、「消防署の人よ」

「はい。代わりました」

「責任者の方ですか？」

相手の声は息を切らしていた。

「いえ、そういうわけではありませんが……。私が伺います」

「火はなかなか鎮火しそうもないんです。階段付近が一番ひどいので、階段も使えません」

「分かりました。で、どうすれば――」

「窓側は比較的火が行っていません。そこから下へ降ろす他ないようです」

「二十五階ですよ！」

城野は思わず声を高くした。「さっき見ましたが、縄梯子《なわばしご》は短くてとても届きませ

ん。それにけが人もいますし、女性にあんな高さから下まで降りろと言うのは無理ですよ」

「けが人はどれくらいですか？」

「足を切って出血のひどいのが一人。他は何とか歩けると思いますが」

「分かりました」

「どうやるんです？」

「ゴンドラを使います」

「ゴンドラ？」

「窓ふき用のです。ちょうど今、そこの真上に設置してありますから、窓ガラスを割って乗り込んでもらい、下へ降ろします」

「なるほど。しかしまず屋上へ出ないと……」

「屋上へのドアは鍵がかかっていて、とても開かないそうです。消防士を一人、ヘリコプターで屋上へ降ろしてゴンドラを操作させますから」

「ヘリコプターで運べないんですか？　屋上へのドアを何とか壊してでも……」

「屋上には着陸するだけの場所がないんです。それにドアは頑丈で、バーナーででも焼き切る他ないようですからかなり時間もかかります。ヘリも小型ですからせいぜい一度に二人しか乗れない」

「分かりました。……では消防士の方がゴンドラで窓の外へ降りて来るのを待てばいいわけですね」

「そうです。それまでにやっておいていただきたいことがあります」

「何でしょう？」

「ゴンドラは四人が限度です。消防士が一人いますから、三人ずつしか乗れません。現在そちらの正確な人数は？」

「四十三人です」

「確かですか？」

「何度も数えました」

「結構。あなたのお名前は？」

「城野ですが、何か――」

「あなたは落ち着いておられますね」

城野はちょっと言葉に詰まったが、すぐに、

「以前に一度火事に遭ったことがあるものですから」

「そうですか。あなたがリーダーシップを取って下さい。やっていただくのは、他の

方に事態をよく説明して、冷静でいてもらうようにすることです」

「やってみましょう」

「それと、ゴンドラに乗る人の順序を決めることです」

「順序？」

「我先に乗ってはゴンドラが落ちる危険があります。けが人は最優先ですが、それ以外の方は何かの方法で順番を決めて下さい」

「順番といっても……どうやって……」

「お任せします。くじでもいいし、年齢の順でも、何でも、ともかく決めておくことが必要なんです」

「……分かりました」

「決めたら絶対にそれを守っていただきます。あなたが守らせて下さい。暴れるような人がいたら、消防士に言って下さい。緊急の場合です。少々乱暴な手段も取ります」

「分かりました」

「もう消防士がヘリで屋上へ向かっています」

「はい。あ――一つ伺っていいですか」

「何ですか？」

「ゴンドラは余り早くは降りないでしょう。全員降りるだけの余裕がありますか?」

「ある、とみなさんには言って下さい」

「事実はどうです?　火がここまで来るのとどっちが……」

相手はややためらっていたようだったが、やがて、

「今、火は十四階まで行っています。上へ行くに従って水圧が下がり、消火は難しくなっています。——全員降ろせるかどうか、微妙なところです」

城野はゆっくりと言った。

「分かりました。何かあったらご連絡を……」

受話器を置くと、紀子が、

「何ですって?」

と訊いて来る。城野が説明すると、

「分かったわ。あなたが決めるのが一番いいわよ。くじだの何だのとやっている余裕はないわ」

「みんな納得してくれるといいがね」

「大丈夫よ」

「よし部屋へ戻って……」

と言いかけて口をつぐんだ。廊下にうっすらと煙が立ちこめている。城野は階段の方へ走った。防火扉の下から、白い煙がまるで絨毯《じゅうたん》のように床に広がり始めている。

3

アパートの前へ駆けつけると、隣の主人が転がるように中から飛び出して来た。

「あ、城野さん！」

「女房は？　うちの奴は？」

「中です！　あなたの下の部屋から火が出てお宅にはもう近寄れなくて……」

アパートは二階建のモルタルで、中廊下式各階六室ずつだった。城野の部屋は二〇四で二階の真中に当たっていた。火元の一〇四はもう窓がまるでガスのバーナーの口のように炎を吹き上げている。自分の部屋の窓も、カーテンが燃え、煙が吹き出していた。煙に巻かれている！

城野は、コートを脱いで頭から引っかぶると、アパートの中へ飛び込んで行った。煙で目は痛み、咳込《せきこ》んだが、何とか階段を二階へとかけ上がった。二〇四号室のドアの下からは黒煙が流れ出ている。

「衣子《きぬこ》！」

妻の名を呼んでドアを叩いた。鍵を開けるのに手が震えて手間取った。ノブがハッとするほど熱い。構わずに開けると、熱気と煙が立ちはだかって、二、三歩後ずさった。

「衣子！　利江《としえ》！」

妻と娘の名を呼びながら、頭を低くして部屋へ飛び込んだ。襖《ふすま》が燃え始めていた。天井にも火が移っている。六畳間の真中に衣子と利江が抱き合って倒れていた。駆け寄って抱き起こす。二人とも苦しげに息をついている。煙に巻かれて気を失ったのだ。

「しっかりしろ！　今連れ出してやる！」

必死で両腕に二人を抱きかかえて立ち上がる。玄関を出ようとして立ちすくんだ。

――廊下が一瞬の内に火の海になっていた。


パーティ会場へ戻ると、モップを手にした永屋典子が城野の顔を見て、

「お掃除、終わりました！」

と言った。息を弾ませている。

「よし！　ありがとう。もう一つ頼みたいんだがね」

「何ですか？」

「雑巾はあるかい?」

「さっきの所にありました」

「あるのを全部水びたしにして、階段の所へ持って行って防火扉の下へつめてくれ。浅野君が待ってるから」

「分かりました!」

永屋典子がかけ出すと、他の女子社員も二、三人続いて行った。

城野は福原社長に消防署からの話をそのまま伝えた。

一色部長が目を見開いた。「どうやるのか、君が決めるのか?」

「順番を決める?」

「消防の人からそう言われたんです」

「順序なら簡単さ」

林課長が言った。「役職の上から順にだ。まず社長、専務、部長……」

「けが人が最初です」

「あ、ああ……そりゃ分かってる! それ以外さ、もちろん」

「平社員を最後に残せとおっしゃるんですか?」

「それは仕方ないだろう! 重要な役職についている者はそれなりに会社に尽くして

来たんだ。それに——万一命を落とすようなことがあったら、会社自体が潰《つぶ》れてしまう！　ここは会社本位で考えるべきだ！」

「五十音順って方法もあるな」

と一色部長が言った。

「そ、それはだめですよ！」

林課長がむきになって、「そんな機械的な……。ここはやはり現実的な立場に立たないと——」

「五十音順なんて手間がかかりすぎるよ」

傍で聞いていた専務が言った。「やはり役職順だ」

城野は福原社長を見た。

「社長のお考えは？」

「君が消防署から任されたんだろう？」

「はあ……」

「君の考えは？」

「まずけが人を降ろします。半田君が一番ひどいけがですが、他に手当ての必要な者が数人います。次に女性を全部先に降ろします」

「おい！」

一色部長が気色ばんで、「アメリカじゃないんだぞ、ここは！　レディファースト なんて気取ってる場合じゃない！」

「そうだよ」

林課長が続けて、「悪いが女の子はいくらでも代わりがいる。しかし幹部社員は ――」

「待ちなさい」

福原社長が言った。「城野君、続けたまえ」

「はい。女性を全部降ろし、それから社長や専務に降りていただきます。要職におられるからではなく、お年齢《とし》だからです。煙が段々ひどくなるでしょうから、体力の無い人を先に降ろす必要があります。それから係長や若い社員、最後に部課長です」

「おい！　一体何のつもりで――」

と食ってかかろうとする一色部長へ、城野は言った。

「あなた方の責任は会社に対してだけでなく部下に対してもあります。係長以下の社員たちの家庭は、今働き手を失えば大変なことになります。失礼ですが、部長や課長はもう家も財産もある程度お持ちのはずです。それに体力はまだまだあります。――

これが私の考えです」

「君はいつ逃げ出す気だ！」

林課長が詰め寄るように言った。

「私はもちろん最後まで残ります」

城野の言葉に、林課長が怒りのやり場を失ったといった格好で黙った。——やや沈黙があって、福原社長が言った。

「城野君、君のいいと思うようにしたまえ」

「はい」

「他の者にも私から話をしよう」

「お願いします」

「ああ、一人だけ順序を変えてくれんかね」

「誰をですか？」

「私だ。私は社長で全社員に責任がある。……私も最後まで残る」

その時、ワッと声が上がった。広い全面ガラス張りの窓の外へ、ゴンドラがゆっくりと降りて来たのだ。

城野は退路を断たれて、妻と娘を抱きかかえたまま室内へ戻った。早く何とかしなければ自分も参ってしまう！　廊下が無理となれば窓しかない。城野は窓から下を覗《のぞ》いてみた。下の部屋からはもう炎は吹き上げていない。これなら降りられるかもしれない。城野は押し入れから布団をありったけ出すと、窓から下へ次々に放り投げた。窓の下に布団の山ができる。

「よし」

呟くと、妻と娘を抱きかかえて窓の方へ行った。しかし、二人を抱いたままではとても窓の手すりを乗り越えられない。どちらか一人だ。……娘を先に投げ落として、とも思ったが、下に誰もいないのだ。後から城野と妻が娘の上に落ちる可能性がある。迷っている間に、火が回って来ていた。……男たる者、自分の血筋を絶やしては……。

「衣子……」

城野は妻を窓際へ寝かせた。「必ずもう一度来るからな！　戻って来るぞ！」

城野は利江を抱きかかえ、窓から宙へ身を躍らせた。布団へうまく飛び降りて、身体を起こし、見上げると、たった今飛び降りて来た窓から炎がどっと吹き出して来た。

「さあ次は吉本《よしもと》さんと、岸田《きしだ》さんと、永屋さんよ」

紀子が言った。「ゴンドラはすぐ来るから、ここで待っててね」

「あの……浅野さん」

永屋典子がおずおずと言った。「ちょっと……」

「何か?」

紀子は少し離れた所へ永屋典子を連れて行った。「どうしたの?」

「あの……私は後でいいんです。織田《おだ》さんを先にしてあげて下さい」

「どうして?」

「彼女……病気のお母さんと二人でしょう。もし間に合わなかったら……。でもうちは両親とも元気だし、それに私は六人兄妹の四女ですから、死んだってそう困るわけじゃないし……」

「永屋さん、今は決められた通りにやってちょうだい」

と言って紀子は微笑んだ。「あなたの気持ちは立派だけど、そこまで考えていたら却って混乱するだけよ。大丈夫。みんな間に合うわよ。――分かった?」

「はい。でも浅野さんはいつ降りるんですか?」

「私? 私はあなたたちを降ろしたらすぐに降りるわ。これでも女ですからね」

永屋典子がほっとしたように微笑して、窓の方へ戻って行った。

「どうした?」

振り向くと城野が立っていた。紀子が今の話を聞かせると、

「あれはいい娘だな」

「ええ。事務所じゃ気の利かないのろまって怒鳴られてるけどね」

「彼女は今夜最大の功労者だよ」

「功労者はあなたよ」

「とんでもない。僕はただ……罪滅ぼしをしてるだけさ」

紀子はじっと城野を見つめた。

「いけないわ。いつまでも過去のことを……」

「今夜で清算できそうな気がするよ」

と言って城野が微笑む。

「そうよ。そして再婚なさい。――あの永屋さんみたいな娘と」

城野がちょっと笑った。

「女性は後二回で終わりよ」

「そうか。――いや、三回だろう。君が一人残る。男性も一緒に乗せてやってくれよ」

「私は残るわ」

「だめだ」

城野は強い口調で言った。「順番を狂わしちゃいけない。僕のために、頼むよ」

紀子は目を伏せて、肯いた……。

室内は寒かった。窓を大きく叩き割ったので、凍りつくような北風がまともに吹き込んでいた。空気はおかげで何とか新鮮だったが背広だけでは体の芯《しん》まで冷えるようだ。

「全員降りられるんでしょうね」

「君らしくもないぞ、弱気なことを言って」

「ええ……。私が乗る順を決める役ならよかったわ」

「僕は何番目だい？」

「あなたと私が一番で、後は勝手にしろって言ってやるの」

二人は一緒に笑った。

「……浅野君」

「え？」

「これは冗談でなく言うんだけど、もし、僕が降りる前にここへ火が回って来たら……」

「そんな――」

「聞いてくれ！　もしそうなったら、お袋と利江に、僕がここでしたことを話してやってほしいんだ」

紀子の目に見る見る涙が溢《あふ》れ、頰《ほお》を伝って落ちて行った。

「約束してくれ」

「いいわ……。あなたも約束して」

「何を？」

「死なないって、約束して」

城野は暖い笑顔になって、

「――約束するよ」

と言った……。


「後少しだ。頑張って下さい！　すぐ戻って来ます」

ゴンドラを操作している消防士が言った。

「ええ。こちらは大丈夫ですよ」

「それじゃ」

ゴンドラがゆっくり降り始めた。乗っていた花崎が、

「お先に失礼します！」

と手を振ったので、城野は思わず笑ってしまった。――愉快な奴だ、全く。

風がやんで、室内は目を刺すような煙が充満していた。

「窓の方へいらっしゃい」

城野は声をかけた。「ここの方が空気が入ります」

残ったのは城野以外、三人――一色部長、林課長、福原社長だった。三人は咳込みながら窓際へやって来た。

「何とか間に合いましたね」

「でなきゃたまらんよ」

と一色部長が目をこすった。

「社長、大丈夫ですか？」

「ああ。戦争中、危うく毒ガスにやられかけたことがある。こんなものじゃなかったよ」

四人はしばしば沈黙した。――城野が口を開いた。

「三年前、妻を亡くした日、私はバーで飲んでいました。部長と課長、それに花崎君も一緒だった。憶えておいでですか？」

「さあ……」

一色部長が肩をすくめた。

「どうしてだね？」

と林課長が訊く。

「あの晩、みんなで、『火事になって、妻か子供か、どちらか一人しか助けられない場合どっちを選ぶか』という話をしていたんです」

「そうだったかな……」

「ええ。私はその内酔い潰れてしまったんですが、誰かが言ったんです。『男たる者、自分の血筋を絶やしてはならん。子供を助けるべきだ』とね。——言ったのが誰だったか、どうしても分からないんですよ。花崎君じゃない。彼はあんなしゃべり方はしません。部長か課長だと思うんですが……。憶えておられませんか？」

「さあ……。林君、憶えてるか？」

「そんな話をしたような気はするが……こっちも酔っていたろうしね」

「城野君、どうしてそんなことを——」

「あの晩、私が正にその立場に立たされたんです。火に包まれた部屋で妻を取るか子供を取るか……。私の耳に、誰かの言ったさっきの言葉が残っていました。私は妻を火の中へ残して窓から飛び降りたんです……。あれ以来、ずっと考え続けて来ました。自分の判断は正しかったのか、と。……いつか伺おうと思っていたんです。あれを部長がおっしゃったのか、それとも課長か。いかがですか？」

一色部長と林課長は顔を見合わせた。城野は続けて、

「別にそのことで、どなたかを責めようなどと思ってはいません。あれは私自身の判断だったんですから。ただ知りたいんです。自分が誰の言葉に従ったのか、を」

返事はなかった。

「火はすぐそこまで来ています。今度のが最後のゴンドラにならないとも限りません。教えて下さい！」

一色部長がゆっくり首を振った。

「残念だが……思い出せないよ」

「私もだ」

林課長も言った。

「そうですか……」

城野はため息をついた。

「お待ち遠さま」

消防士が顔を出した。「さあ乗って」

一色部長と林課長がこわごわゴンドラへ乗り込む。

「もう一人ですよ」

「社長！　早くお乗り下さい」

「いや、私は最後でいい、君が乗れ」

「それはだめです。順序を決めた私が残るべきです。さあ急いで下さい」

「城野君。あれを言ったのは私だ」

城野は目を見張った。

「君はもう相当酔っていたから、私が入って行ったのを知らなかったのだろう。接待を終わって疲れたのであの店へ行って話に加わったのだよ。……あの夜君が奥さんを火事で亡くしたと聞いて、ずっと気になっていた。君がどたん場で迷ったのではないか、と思ってね。今夜話せてよかったよ。……さあ乗るんだ。私の社長としての経歴に傷をつけないでくれ」

城野はゴンドラへ乗り込んだ。その時、パーティ会場のドアが大きく左右へ開いて、炎が巨大な潮のようになだれ込んで来た。

「社長！」

城野は消防士へ、「乗せて構わないでしょう？　社長は小柄です」

「一かばちかだ。いいでしょう」

消防士が肯《うなず》く。城野は福原社長の両腕をつかんで、ゴンドラの中へ引きずり込んだ。

ゴンドラが降り始める。

ゴオッと音がして、頭上の窓から炎が吹き出すのに十秒とかからなかった。

「ロープが焼き切れなきゃいいが……」

消防士が祈るように呟《つぶや》いた。

見下ろす地上は、消防車とホースの海だった。群衆が遠くでこのスペクタクルを眺めている。ジリジリとゴンドラは降下して行く。一色部長と林課長は真っ青で、生きた心地もないようだった。

「もう大丈夫！」

消防士が言った。「ここまで来れば、落ちたって命は助かる」

だが、ゴンドラは落ちなかった。地上へ着くと、白衣の救急班が駆け寄って来る。

「部長、社長を救急車まで」

「あ、ああ……。よし！」

ゴンドラを出ると、城野は痛む目をこすった。白いハンカチが目の前へ差し出された。——紀子が立っていた。

「約束を守っただろう」

と城野は言った。「みんな大丈夫か?」

「ええ。私のことは訊かないの?」

「君は見るからに大丈夫だ」

「失礼ね!」

と紀子は笑った。「大変だったのよ」

「どうかしたのかい?」

「私って高所恐怖症なのよ」

城野は笑って彼女の肩を抱いた。

「どこかで祝盃《しゅくはい》を上げようか」

「ええ!」

城野は、何かが起こりそうな気がした。何かいいことが。それはここしばらく、味わったことのない気分だった。

共同執筆

1

二人の間は、至ってうまく行っていた。

といっても、二人は夫婦ではない。男女でもなかった。男同士である。――ホモか、などと勘ぐってはいけない。

二人の名は山倉章夫《やまくらあきお》。同姓同名ではない。二人で一人の山倉章夫だった。――二人は一つのペンネームで共同執筆する小説家だったのである。

「行ってくるよ」

山倉章夫の一人である人見康一《ひとみこういち》は、玄関で靴をはきながら、妻の美子《よしこ》に声をかけた。

「はい。――今夜は遅くなりそう?」

エプロンで濡《ぬ》れた手を拭きながら、美子が急いでやって来る。

人見は、妻を見る度に、もう四十になるとはとても思えぬその若々しさを誇りに感じていた。

「そう遅くはならないと思うよ」

人見はコートの袖《そで》に腕を通しながら、「今日は最後の章の打ち合わせだ。いつもの通り、すんなり決まれば夕食には戻れる」

「じゃ、仕度して待ってるわ」

「ああ、頼むよ」

人見は鞄《かばん》を手にして、「じゃ行って来るよ」

と微笑《ほほえ》んで見せて、外へ出た。――冬の朝といっても、もう十時を過ぎているから、寒さもそれほどではない。

重役出勤だな、と人見は思った。これが自由業たることの最大のメリットかもしれない。

人見康一はもうすぐ五十に手の届く年齢だ。つい四年前までは、何の変哲もないサラリーマンだった。暑い夏も、寒い冬も、いつも同じ時間に家を出て、満員電車にもまれて、九時ぎりぎりに会社へ辿《たど》り着く、ごく当たり前のサラリーマンだった。

その人見にも、当たり前でない所が一つだけあった——彼は小説を書いていたのである。

むろん、会社の同僚にも、友人にも秘密だった。我が家で、夜遅く、こつこつと原稿用紙を書きつづっては、雑誌の新人賞などに応募した。ペンネームを使って、決して知人に知られることのないように気を使いながら。

職業作家になろうという固い意志があったわけではない。ただ、書くことが好きなのである。新人賞に応募するのも、あわよくば作家に、と考えたからというより、何か具体的な目標があったほうが、筆が進むからであった。

だが、その内に、思いがけず時々佳作として名前が残ったり、時には入選作なしの佳作として掲載されることもあって、段々欲が出て来た。新人賞の季節になると、毎晩遅くまで原稿用紙に向かい、色々なペンネームで、ほとんどの雑誌に応募した。

それだけの時間が取れたのも、人見に子供がいなかったせいかもしれない。妻の美子は、夫が金にもならない小説書きに熱中しても、別に文句一つ言わなかった。逆に、時には原稿の清書を手伝ったりするくらいだったのである。

その生活は、またそれなりに楽しいものだった。仕事の合間に、ふとアイデアが湧《わ》くと手早く手帳にメモを取ったり、職場での面白い出来事を話の種にしたり、気に食わない上役を小説の中で殺してやったりするのは、秘かな楽しみであった。

その生活に転機が訪れたのは、ある雑誌の新人賞で、入選作なしの佳作二編の内の一つとして表彰《ひょうしょう》されることになり、出版社へ出向いた時である。——そして会議室で人見は初めて中谷一《なかやはじめ》に会った。もう一人の佳作となった男である。

人見がもう四十代半ばだったのに比べ、中谷はまだ三十歳になったばかりの若さで、それでも、いわゆる芸術家を気取ったタイプのいや味な男でなく、やはりサラリーマンとして生活しているだけに、折り目正しい、気持ちのいい青年であった。

二人は、雑誌の編集長から、賞状と賞金十万円を手渡された後、審査員をつとめた作家たちの選評を聞いた。——といっても、忙しい作家自身が出席しているわけではなく、編集長が代わってその主な点を説明したのである。

まず、人見の作品については、登場人物の描き分けに優れ、人間のふくらみがよく出ている、と賞められ、ただし、ストーリーが平板で、面白さに乏しい、むしろ純文学に向いた人かもしれない、と評された。

人見は、至って素直に肯《うなず》いてその評を聞いていた。それは彼自身もよく分かっていることで、ストーリー作りにいつも苦労しては、古くさい型からどうしても抜け出ることができないのだった。

次に、中谷の作品については、人見と全く正反対のことが言われた。ストーリーの着想や展開は面白く、才能が認められる、としたものの、人物があまりに類型的で、個性に乏しく、描写力も充分でない。この点は、まだ作者が若いので、人生経験を積んで行く他はあるまい、と評は結んでいた。

この時、フッと人見の頭に浮かんだことがあった。——自分と中谷は、互いに欠けた所を持っている。自分はしっとりした情感や、人間の心理の描写には自信がある。中谷は、独創的なストーリー作りに秀でている。もしこの二つが結びついたら——中谷の創り出すストーリーに、自分の描く人物たちを登場させることができたら。

人見は中谷のほうを見た。ちょうど同時に中谷も人見のほうを見たのである。二人の目が合った。そして人見は、中谷が自分と同じことを考えているのだと、直感的に気付いたのだった。

二人はそれから三か月かかって、共同執筆第一作を書き上げた。中谷が考えたストーリーをもとにして、人見が登場人物のキャラクターを作り出す。そして一章ごとに交互に書いて行くのである。

この方法は一見乱暴なようにも思えたが、やってみるとなかなか効果的であった。

ストーリーが展開する「動」の章の後には、しっとりとした「静」の章が来る。そしてその次にはまた「動」の章が……というわけで、少なくとも読者を飽かせない変化をつけることはできたような気がした。

一応書き上げて、後に人見が全体の文章の調子を見て、不自然なところは直し、決定稿を仕上げた。——佳作になった雑誌の編集長を訪ねて、原稿を読んでもらうと、一部手直しすれば、充分読むに値するものになるという返事をもらった。

原稿は出版部へ回され、さらに検討と訂正をくり返した後、やっと出版された。

この一作は予想以上に好評だったし、加えて二人とも勤め先との関係上、本名を伏せ、共作であることも隠していたので、その点もマスコミの話題作りにプラスしたようでもあった。

こうしてスタートした二人の共作は、徐々に読者を獲得して行った。一年後には二人とも会社をやめ作家生活に入った。「山倉章夫」が、二人の共同執筆になるペンネームであることも、初めて公表された。

いわば、二人はやっと作家の肩書きを手に入れたのである。

あっという間の四年間だったな。

仕事場へ向かうタクシーの中で人見は思った。こうして、電車でも行ける所へタクシーを使う、ささやかなぜいたくができるのも、作家業が順調なおかげだ。

人見と中谷は収入を正確に二等分して分け合った。年齢や、妻帯していることから言えば、人見のほうが多く取ってもいいようなものだが、金銭的なことでもめるのを避けるために、最初からその約束をしてあったのだ。

半分になっても、二年目からの収入は、サラリーマン時代を上回ったし、今では、かなり余裕のある生活ができるようになっていた。――中谷は相変わらず独身で、マンションで気ままな暮らしをしていた。

「そこで停めてくれ」

人見は料金を払ってタクシーを降りた。

二人は、それぞれの住いのちょうど中間あたりにあるマンションの一室を借りて、仕事場として使っていた。「出勤」は一応十一時ということになっているが、中谷は大体遅れて来ると決まっていた。――それでも別に遅刻届けを出す必要がないのが、この商売のいい所である。

人見はエレベーターで四階に上がり、〈四〇八〉号室のドアを開けようとして、驚いた。鍵が開いている！

「おはよう」

ドアを開けて中へ入ると、ソファから中谷が言った。

「また今日はえらく早いじゃないか」

コートを脱ぎながら、人見は言った。「さては、昨夜はここに泊まったのか?」

「冗談じゃない。神聖なる職場を私事には使わないよ」

と中谷は笑いながら言った。「下の店へコーヒーを頼もうと思ってたんだ。飲むかい?」

「うん、頼んでくれ。——何か電話は?」

「K出版から一つあった。短篇連作をやってくれとさ」

「何て答えたんだ?」

「あんたに相談もしないで返事はしないよ。——ま、どうせ断ることにはなるだろうがね……」

「我々のやり方では、短篇は無理だよ」

「そう言っておいた。——また昼過ぎに電話して来るそうだ」

人見は、ガラス戸越しに、外を眺めた。作業にかかる前に、こうした空白の時間が必要なのだ。

「奥さん、元気かい?」

と中谷が訊《き》いた。

「ああ。たまには遊びに来いと言ってたよ」

「ありがたいな。でも、どうもね――」

「遠慮することはないだろう。我々は合わせて一人なんだから」

「しかし、やはり男二人に女性一人じゃね。食事してたって、こっちが惨めになるだけだからなあ。――僕も誰か連れて行く女性がいれば、喜んでうかがうんだけどね」

「いくらでもいるじゃないか」

人見は別に当てこすりでもなく、言った。中谷はまだ三十代半ばの若さで、しかもなかなかの男前だ。――彼のマンションにはしばしば女性の姿があり、しかも絶えず入れかわっているというのは、専らの噂《うわさ》だった。

「遊び相手はいるけど、あんたや奥さんに紹介できるような女はいないよ」

「本気で捜さないからだ。――その気になりゃ見付かるもんだよ」

「そうかなあ……」

「女房が、君にいい人を世話したいと言ってるよ。一度来てくれ」

「その内にね」

中谷は如才なく答えた。

やがてコーヒーが運ばれて来て、二人は仕事にかかった。

広い机が二つ、向かい合わせて置いてあり、二人は互いの原稿と、相手の分のコピーを机の上へ並べて、向かい合って坐った。

「さて、と。――始めるか」

人見は言った。「今日でこの作品も最後の章だけになった。締め切りは来週初めだから、充分間に合うだろう。――前の章まで何か気付いたことはあるかい？」

「ああ、第四章の頭で、峰夫《みねお》が頼子《よりこ》と待ち合わせる場所なんだがね。これは冬だろう。外じゃ寒すぎないか？」

「なるほど。しかしどこか喫茶店の中などにすると、頼子が地理に不案内というのと矛盾するよ」

「そうか……」

「冬にしては暖い日だったとか、そういう文章を入れるか」

「そうだね。いいと思うよ」

と中谷が肯《うなず》く。

昼までかかって、二人は最後の章を除いて、一応の検討を終わった。そこまでの所では格別の問題はないようだった。

「——昼飯にするか」

「ああ」

二人はマンションを出ると、歩いて五分ほどの所にある、レストランへ行った。昼はたいていここで取ることにしている。

オーダーをして一息ついていると、ウェイトレスがやって来て、

「中谷様」

「何だい？」

「お電話が入っております」

「ああ、そう」

中谷は店の奥の電話のほうへ歩いて行った。

「電話か……」

人見は、ふっと美子へ言っておくことがあったのを思い出した。電話してみるか。

——入口のわきに公衆電話がある。

ダイヤルを回してみると、お話し中だった。三回かけてみたが、ずっとお話し中のまま。

「やれやれ」

女性の長電話というやつはどうしようもないものらしい。諦《あきら》めて席へ戻ると、中谷も帰って来た。何やら少し顔が上気して、楽しげである。

「何だ、彼女からの電話か？」

人見が冷やかすように言うと、中谷は、

「う、うん。……まあね」

と笑ってごまかした。

料理が来て、食べ始めると、中谷が言った。

「近々、ちょっとお宅へうかがってもいいかな？」

「いいとも。そう言ってるじゃないか」

と人見は答えて、「道順は分かってるだろう？」

「ああ、憶《おぼ》えてるよ」

「——そうだ。大通りから入る路地が工事で通行止めなんだよ」

「そうだったね。反対側から回るよ」

と中谷が肯《うなず》いて言った。

「そうしてくれ」

と言ってから、人見はふと食べる手を止めた。「どうして知ってるんだ?」

「え?——何が?」

「いや、路地が通行止めになってるってことをさ」

「ああ……それは……あんたが前言ってたじゃないか」

「僕が?——そうだったかな」

「そうだよ。この前言ってたじゃないか」

人見はいくら考えても、その話を中谷にしたのを思い出せなかった。

「思い出さないなあ……もう年齢《とし》なんだね全く」

人見は頭を振って、また食事にとりかかった。

2

「何だって?」

人見は原稿から顔を上げた。「結末を変えるっていうのかい?」

中谷はちょっと曖昧《あいまい》な口調で、

「いや……どうかな、と思ったのさ。その……つまり、この結末じゃ暗すぎるんじゃないかと……」

「暗すぎるって？」

人見はちょっと呆気《あっけ》に取られた。いつもの中谷らしくない言い方だ。

「そんなことないだろう。女主人公が夫と別れて、本気に自分を愛してくれる男性と共に新しい人生を踏み出す。――この結末のどこが暗いんだ？」

「そ、それは確かに……そう暗くはないと思うけど……。でも、その……要するに彼女は夫のある身で他の男を愛するわけだろう」

「そりゃそうだ。そういう話だからね」

「それはちょっと……あまり道徳的じゃないと思うんだけど……」

「おいおい」

と人見は笑って言った。「いつから君は道徳の教科書を書くようになったんだい？こんな話いくらでも転がってるじゃないか」

「つまりね、そこなんだよ」

「というと？」

「この結末だと――どうも、当たり前だろ。そのへんのTVドラマと変わらない。だからここは一つ、女主人公が夫ともう一度やり直してみるという結末に――」

「無理だよ、それは」

人見は首を振った。「こういう結末に合うように、ヒロインの性格も設定してあるし、夫も、もう救いようのない男として描いてるんだ」

「そりゃ分かってるけど……」

「結末を変えようと思ったら、ずっと書き直さなきゃならないんだ。今からじゃ時間的にも無理だよ」

「分かった。このままにしよう」

と中谷は肯いた。——人見はどうも腑《ふ》に落ちなかった。中谷と意見の違うことは、もちろんしばしばある。そんな時は議論を重ねて解決する。しかし、今は、中谷の様子がまるで違う。ひどく自信なげで、最初から無理を承知で言っているように見えた。

一体どうしたというんだろう?


「お仕事は順調に行ってて?」

夕食の席で、美子が言った。

「ああ、今日で一つ仕上った。三か月もすれば出るだろう」

「そう。よかったわね」

「とにかく仕事の量をあまりふやさずに来たのがよかったよ。長い目で見ればね」

「本当に、作家になったあなたなんて、今でも妙な気がするわ」

「そうかい？　僕もそうだ」

と言って、人見は笑った。

「中谷さんは、ちっとも遊びに来ないわね」

「近々来るようなことを言ってたがね」

「そう。夕ご飯でもごちそうしてあげたいわ」

「そうだよ。少し家庭ってものの良さをあいつに教えてやらなくちゃ。いつまでも独身ってことになりかねない」

「恋人ぐらい、いらっしゃるんでしょう？」

「遊び相手はいるようだがね。どうもまだ本気で惚《ほ》れる女はいないらしい」

「そうなの。……もてるだけに、却《かえ》って結婚なんて面倒なのかもしれないわね」

「そうかもしれない。——彼がこの前ここに来たのはいつだっけ？」

「さあ……。二、三か月にはなると思うわ」

「そうだろう？」

あの路地の工事は、まだ始まってひと月たっていない。——中谷が知っているはずはないのに。本当に俺がしゃべったのだろうか？

「それがどうかして？」

　美子に訊かれて、

「いや、何でもない」

　と人見は慌てて首を振った。


「こりゃどうも！」

　出版担当の編集者、角田《つのだ》が受付へ出て来た。

「わざわざ原稿をお持ちいただいて……」

　人見は愛想よく、

「いや、どうせついでがあったんでね」

「恐れ入ります。――では確かに」

　角田は原稿の入った分厚い封筒を受け取ると、「先生、今日はこれからどちらへおいでになるんですか？」

　と訊く。人見は、

「いや、別に」

と答えた。〈先生〉と呼ばれると、何だかくすぐったい気がする。これでもかなり慣れたほうなのだ。最初の内は、「先生」と呼びかけられる度に、自分のこととは思えず、つい周囲を見回したい衝動を感じたものである。

「では、その辺でお昼でも。ちょっとお待ちを」

角田ばせかせかと奥へ姿を消し、すぐに上衣を着ながら戻って来た。「では、参りましょう。——中谷さんは、今日は……」

「ちょっと用だとかで、出かけてますよ」

「そうですか。——いや、しかし、お二人のコンビは好調ですねえ。最近はお二人を真似て、最初から共作で新人賞に応募して来るのも結構いるようですよ」

「そうですか」

人見と角田はタクシーを拾って、近くのホテルへ向かった。車の中で、角田が言った。

「この間、うちの編集の者が、中谷さんをお見かけしたそうですよ。この先のホテル街で」

「すると女性と一緒で……」

「ええ。それが若い娘じゃなくて、少し年齢の行った、いかにも女らしい女性だったそうでしてね。『中谷さんもやるなあ』と感心していましたよ。どう見てもどこかの奥さんだったというんですよね」

「それは……知りませんでしたね」

「人見さんは大丈夫でしょうね」

「何がですか？」

「どこかに女性を囲うなんてことはなさらないでしょうね？」

「それならご心配なく」

人見は笑いながら言った。「この年齢になって、家がもめるのはごめんですよ」

角田が何か冗談めかしたことを言ったが、人見は聞いていなかった。彼の目は対向車線ですれ違ったタクシーを追っていた。

「――どうかしましたか？」

角田の言葉にはっとして、

「いや、別に……」

と人見は向き直った。――あれは、美子だったろうか？　すれ違った瞬間に見ただけだが、美子のように見えた。

もし美子だとすると、こんな所で何をしているのだろう？　今日、出かけるようなことは言っていなかったが……。

ホテルへ着くと、人見はレストランへ入る前に、ロビーの公衆電話から自宅へ電話した。

――呼び出し音は何度も、空しく鳴り続けていた。


夕方、帰宅してみると、美子は夕食の仕度をしていた。

「お帰りなさい、あなた」

「うん……」

人見はじっと美子を眺めた。――あれは美子だったろうか？　それとも他人の空似か？

「今日は、どこかへ出かけたかい？」

彼のコートと上衣をハンガーにかけている美子へ、人見は訊いた。

「いいえ、別に。――どうして？」

「昼過ぎに電話したんだが、出なかったぞ」

「ああ、そりゃあ買い物には行ったわよ」

と美子は微笑んだ。「何か用だったの？」

「いや——そういうわけじゃないが」

人見は美子から目をそらした。

「さっき中谷さんから電話があったわよ」

「そうか。じゃ、かけてみよう」

廊下へ出て電話の所へ行き、受話器を取り上げようとして、人見はふと足下に落ちていた紙片に気付いた。かがみ込んで拾ってみる。

タクシーカードだった。——人見は、美子が、タクシーに乗ると必ずタクシーカードを一枚取るのを思い出した。忘れ物をした時に困るから、というのだ。

今日、美子はタクシーに乗っていたのだ。間違いない、と人見は思った。昨日からここに落ちていたはずはない。美子は極端なきれい好きで、落ちている糸くず一つでも、目につけば必ず拾う性質《たち》である。こんな目につく所に落ちている紙を放っておくはずがない……。

たかが買い物ぐらいでタクシーなど使うものかどうか。——人見は訊いてみようとはしなかった。美子が素知らぬ顔で、タクシーなんか使わなかったわよ、と言うのを聞きたくなかったのである。

何でもないことなのかもしれない。聞いてみれば、簡単に説明のつくことかもしれない。しかし……。

「ああ、人見だけど、電話をくれたって？」

中谷が出ると、人見は言った。「何か用だったのかい？」

「いや、わざわざ電話してもらうほどのことじゃないんだ」

と中谷が言った。「実はね、映画の試写の案内が来ててね。行くつもりだったんだが、都合が悪くて行けなくなったもんだから、もし君が行くんだったらと、思って……」

人見は昔からの映画ファンである。中谷が言った映画は、人見の好きな監督の最新作でぜひ見ようと思っていたものだった。

「そいつはぜひ見たいね」

「そうかい？　じゃ明日、出がけに届けるよ」

「いや、そんな手間をかけちゃ悪いから、僕が取りに行こう」

「いいんだ。どうせその近くを車で通ることになるから、試写は一時から。僕は午前中にはそっちへ寄るよ」

「すまないな。じゃ頼むよ」

電話を切って、二階の自分の部屋へ上がろうとした人見は、台所の音に、ふと耳を傾けた。――何となく妙な感じだった。

どこが妙なのか、分からなかったが、どこかおかしい、という気持ちが抜け切れないままに部屋へ上がった。

二階の六畳間が、人見の仕事部屋である。最初のストーリーの打ち合わせ、原稿を書き上げてからの調整はあのマンションのほうでやるが、各自、原稿を書くのは自分の家であった。

一つ仕事が片付いて、少し息抜きをする時期だった。あまりたて続けに仕事をしない。追いまくられる仕事はしない、というのが、いわば作家・山倉章夫の信条である。

いつもなら部屋のソファで、買いだめしておいた本を手にするのだが、今日は何となく、そんな気分になれなかった。一体、何が気にかかっているのだろう？

美子が嘘をついたというのか？　しかし、何のために？――いや、嘘かどうかだって分かりはしないではないか。タクシーに乗ったことだって、確かめてもいない。本当は何でもないことなのかもしれないのに……。

適当に一冊、本を手にし、ソファに坐ったものの、ページをめくる気にもなれずに、ぼんやりと天井を眺めていた。じっと耳を澄ましていると、階下の台所の物音が、耳に届いて来る。トントン、と包丁を使う音、カチンカチンとガスに火を点ける音……。

人見はふっと気付いた。——そうか。さっき、何となく妙だと思ったのは、中谷と電話で話している間、台所のほうが静かだったのだ。そして電話を切ると、また水の音がし始めた。それを無意識に聞いていて、おかしいと、思ったのだ。

美子は電話を聞いていたのではないだろうか？——だから台所のほうは静かだった。そして電話が終わると、急いでまた台所へ戻った……。

なぜだ？　なぜ中谷との電話を、美子が立ち聞きしなければならないんだ？

台所の水音が、いやに大きく聞こえていた……。

3

洋画会社の試写室というのは、本当に狭いものである。三十ばかりの座席が並んでいるだけの、ちょっとした会議室ぐらいの広さしかない。

作家業になってから、人見も、時々試写を見る機会ができるようになったが、最初の内はスクリーンの小ささに何か妙な違和感を覚えたものである。

「山倉章夫さんじゃありませんか」

ペンネームのほうを呼ばれると、何か照れくさい。

「はあ、そうですが……」

声をかけて来たのは、まだ二十代と見える青年であった。

「ここの営業部の者です。どうもわざわざおいでいただきまして」

「いや、こちらこそ。楽しみにして来たんですよ」

「どうぞごゆっくりご覧下さい。——ええともうお一人の……」

「ああ中谷は今日都合が悪いそうで。私が人見です」

「そうですか。——いや、中谷さんから、人見さんがぜひ見たがっているからとご連絡をいただきましてね」

人見はふっと眉《まゆ》を寄せた。——中谷がわざわざここへ連絡して？　しかし、中谷の話では、たまたま試写会の券が来て、それが行けなくなったから、ということだったが……。

「もうすぐ始まりますので。ぜひ後でご感想をうかがわせて下さい」

「はあ、どうも」

人見は座席に坐った。七、八人の客がいて、時々TVの洋画番組の解説で見る顔もあった。

時間になると、別にブザーも鳴らずに暗くなり、映画が始まる。——人見はスクリーンに見入った。

今朝、珍しく十時前に中谷はやって来た。いつもは昼頃といっても午後の二時か三時になるのが普通なのに。

「ちょっと車で遠出するんでね」

と中谷はニヤリとして、試写会の案内状を差し出した……。

「上がって行けよ」

という人見の言葉にも、

「いや車に人を待たせてあるんでね」

「彼女かい？」

と訊くと、中谷はとぼけて、

「ご想像に任せるよ」

と言った。美子が出て来て、

「久しぶりね。中谷さん。およりになればよろしいのに」

と勧めたが、中谷は、

「またその内に寄らせてもらいますから」

と言って、帰って行った。人見は、何の気なしに、通りまで出て見送った。工事中の路地の向こうに、中谷の車が停めてあるのが見えたが、その車は空だった……。

中谷は遠慮しただけなのだろうか？　それとも他に待ち合わせの約束があったのか？　それとも……。

人見は、さっぱり映画のほうに注意を集中できなかった。なぜ中谷はわざわざこの洋画会社に頼んでまで、人見にこの試写を見せたかったのか。ただの親切と思えば簡単だが、親切でやるにしては、ちょっとおかしいのではないか。

では一体何のために……。何か目的があったのだとしたら？

考えられるのは、この試写のために人見が家を留守にする、それを中谷が狙《ねら》ったことである。

考えたくはなかったが、人見も今となっては考えないわけに行かなかった。――中谷は美子と会っているのではないか。

中谷が、路地の通行止めを知っていたこと、昨日、美子がタクシーで出かけ、それを人見に隠していること、中谷が人見をこの試写へ来させようとしたこと……。色々考え合わせると、結論はどうにも変えようがないと思えた。

「そうか……」

突然、人見は昨日、中谷が小説のラストを変えようと言い出したことを思い出した。

それで分かった！——人妻が他の男を愛して、夫と別れてしまう。その結末が、中谷には自分のことのようで堪えられなかったのではないか。急に道徳的なことを言い出したのも、後ろめたさがあるせいに違いない。

そんな罪の意識を持っているだけ、まだ中谷は純情な男なのかもしれない、と人見は思った。

美子が浮気をする。——信じられないようなことなのに、さして抵抗もなくその考えを受け入れた自分に、人見は驚いていた。美子が年齢よりもずっと若々しいこと。自分がもう五十になろうという年齢であること……。それを思えば、考えられないことではなかった。

中谷はまだ若い。しかし、美子にとって若すぎるほどには若くない。——辛いことだったが、人見はそれを認める他はなかった……。

いつの間にか映画は終わった。何を見たのやら、さっぱり分からない。さっきの洋画会社の男に感想を訊かれては困る。人見は目につかないように、慌てて試写室を逃げ出した。

「あら、珍しい！」

玄関のドアが開いて、中から昔なじみの顔が覗《のぞ》いた。「流行作家のお出ましね！」

「よして下さいよ」

人見は苦笑いした。

「流行作家の半分、かな、正直に言うと。お入りなさいよ」

「いいんですか？」

「ええ、どうせひまなんだもの」

吉本紘子《よしもとひろこ》は、いわゆるキャリア・ウーマンの一人で、もう四十代半ばだが、四十になるやならずとも見える若々しさだ。

女性ルポライターという商売柄、めったに家にいたためしがない。今日も、人見はまず会えないだろうと思いながら、やって来たのである。

「珍しいですね、家にいるなんて」

と人見が言うと、Tシャツにジーンズというスタイルの紘子は、

「あら、素顔の私は家庭的なのよ」

と笑った。——彼女は独身の気ままな一人暮らし。時々、恋人ができるという話だが、長くは続かないらしい。

「何だかユーウツな顔ね。一杯飲む？」

「そうですね、いただきましょうか」

と肯いて、ソファへ身を沈める。

「ウイスキー？」

「水割りを」

「──どうしたの？」

グラスを人見に渡しながら訊く。「何かあったの？　仕事のほうは順調のようじゃないの」

「おかげさまでね」

人見はウイスキーを少し飲んで肯いた。「あなたのほうは？　今、仕事はしてないんですか？」

「私だって休みぐらい取るわよ。もう若くないんですからね」

吉本紘子は人見の遠い親類に当たる。人見の結婚以来も親しく付き合っていて、その気さくな人柄のせいもあるだろうが、美子とも気が合って、親しくしていた。

「どうも、仕事の悩みじゃなさそうね」

「ええ……まあ……全く関係ないこともないんですが」

「でも一応プライベートなことね？」

「そうです」

「分かった」

「え?」

人見はグラスを手に目を見張った。

「あなた、彼女ができたんでしょ」

「ぼ、僕に?」

「そうよ。作家なんて、ちょっと売れ出すとすぐ女を作るんだから。——白状しなさいよ」

「とんでもない!　僕はそんなことしませんよ!」

人見は憤然として言った。

「あら、そう。それじゃ——」

「逆です」

「逆、って言うと?」

「美子の奴が……」

紘子はしばし唖然《あぜん》としていた。

「美子さんが?——まさか!」

「本当なんですよ、それが」

「信じられないわ……。だってあの人は、そんなタイプじゃないもの」

「僕もそう思いたいんですが」

「相手は誰か分かってるの？」

「ええ」

人見は肯いた。「僕の相棒です」

「ああ。ええと……何ていったっけ？」

「中谷一です」

「そうそう。そんな名だったわね。その人と美子さんが？」

「そうらしいんです」

「まだ若いんだっけ？」

「三十五くらいですよ」

「そうか。若さじゃ敵わないわけね」

「言いにくいことをはっきり言いますねえ」

と人見は苦笑した。

「でも、二人が認めたの？　そうじゃないんでしょ？」

「そうじゃありませんが……」

人見は、美子と中谷が会っているらしいと思う事情を説明した。紘子は黙って聞いていたが、人見が話を終えると、

「フーン」

と肯き、「確かに、ちょっと怪しいわね。でも、決め手になるようなことは一つもないじゃないの」

「それはまあ……」

「で、私に会ってどうしようと思ってたの?」

「いや——どうって——」

「私から美子さんに訊いてみろとでも言うわけ?」

人見は答えに詰まった。確かにその通りのことを考えていたからだ。

「でもねえ。それはあなたが自分で訊かなくちゃ。それにちょっとまだ早過ぎると思うわよ」

「というと?」

「そんなことを訊いて、もしあなたの思いすごしだったらどうするの? 彼女にとってはあなたに疑われていたと分かったらショックでしょう」

それもそうだ。人見はため息をついた。自分の思い過ごしであってくれたら、どんなにいいかと思うが……。

「分かったわ、私に任せてちょうだい」

と紘子が言った。

「え？　すると——」

「これでもルポライターですからね。自分の手で事実はどうなのか、調べ出してみせるわよ」

「そんなことまでしてもらっちゃ、申し訳ないですよ」

「いいのよ、どうせ二、三日は休みを取ってるんだから」

と紘子は自分も水割りを作って飲みながら言った。「その代わり一つ条件があるわ」

「何です？」

「私の調べた結果が出るまでは、美子さんは無実として接すること」

「はあ……」

「妙に疑いの目で見たり、問い詰めたりしないこと。いいわね？　有罪判決が出るまで、被告は無罪なんですからね」

「分かりました。約束しますよ」

人見は肯いた。今日のウイスキーは、さっぱり酔えない。

帰宅したのは夜七時ごろだった。

「お帰りなさい。遅かったのね」

と玄関へ出て来た美子は、夫が赤い顔をしているのに気付いて、「あら、どなたかとお酒？」

「うん？……ああ、ちょっと……映画会社の奴とな」

「まあ珍しい」

全く、彼が酒を飲んで帰るなどということは珍しい話なのである。だが、美子のほうは特別な理由があって飲んだのだとは思いもしない様子だ。

「お前、どこかへ出かけたのか？」

食堂を入りながら、人見は言った。

「いいえ。どうして？」

「そうか。――それならいい」

人見は、吉本紘子との約束を思い出して言葉を切った。少し酔っているせいもあってか、つい言いすぎてしまいそうだ。

「ご飯はどうするの？」

「うむ……。少し食べる」

自分が留守の間に、この家で美子が中谷と寝ていたかもしれないと思うと、やはり心は穏やかでなかった。——きっと中谷はあのほうだって盛んなのに違いない。人見は、といえば、もうそんな欲望もあまり感じなくなっている……。

廊下で電話が鳴っている。

「はい人見でございますが」

美子の声が聞こえる。「ちょっとお待ち下さい。——あなた」

と顔を出して、

「N社の角田さん」

「分かった」

ガブリと一口お茶を飲んで、人見は席を立った。——受話器を取ると、

「どうも、先生、原稿をありがとうございました」

といささかオーバーな、角田の声が伝わって来た。

「いや、とんでもない。どうです？　読んでもらえましたか？」

この瞬間の緊張は、作家になりたての頃から少しも変わらない。「どうもあまり感

心しませんね」と言われる時の、すっと血の気のひいて行くような失望感は、特に新人の時代には、いやというほど味わったものだ。

「一気に読みましたよ。いや、実に結構でした！」

人見はほっと息をついた。角田は続けて、

「お二人のコンビが実に巧く行っていますねえ。今までのお作の中でも最高のできじゃありませんかねえ」

大体がお世辞の多い男だが、ここまで言うところを見ると、本当に気に入ってはいるのだろう。

「特に、私はラストが良かったですねえ」

と角田は言った。「いや、普通ならヒロインが夫を捨てて恋人と第二の人生へ出発するでしょう。それを敢《あ》えて夫のもとにとどまるようにした所が、現代ではむしろ新鮮に映りましたよ」

4

人見はマンションの仕事場のドアを開けた。——今日は「出勤」の日ではない。しかし、ここへ来て、一人になりたかったのだ。

テラスへ出るガラス戸のカーテンを開けると、明るい光が部屋に溢《あふ》れた。体中がひどくだるいのは、いつになく早起きをしたせいばかりではなかった。

急に何年も歳を取ったようで、けだるい虚脱感が四肢に淀《よど》んでいた。

原稿の最後の章が入れかわっていた。——なぜだ？　誰がやったんだ？　いや、誰がということなら、中谷以外には考えられない。

人見は机の引き出しを開けてみた。今度の作品で、削った分や、書き直した分の原稿が一応しまい込んである。——人見の書いた最後の章も、そこにあった。

中谷は、あのアイデアを出した時点で、すでに自分なりの終章を書き上げていたのだ。そして原稿を封筒へ入れる時、そこの分だけをすり換えたのだ……。

人見は、中谷がこんなことをしたのも、おそらく美子との関係を証拠立てているのだと思った。——これで二人の共作も終わった。それぐらいのことは中谷にも分かっていたはずである。

それを敢えてやったのは、決裂してもともと、という気があったからだろう。たぶん、早晩美子との関係が明るみに出て、共同執筆も終止符を打つことになる、と予期していたからに違いない……。

人見は机の上の電話で、下のコーヒーショップへかけて、

「コーヒーを頼む。四〇八号室へ二つ」

とつい言ってしまってから、「いや、一つにしてくれ」

と言い直した。

コーヒーが来ると、ゆっくりそれをすすりながら、これからどうすればいいかを考えようとした。

だが正直なところ、一番自分にとってショックだったのは、中谷の原稿のほうがいいと認められたことだった。——これが人見にとっては一番の打撃だったのだ。

むろん、あれは角田という一編集長の意見に過ぎないが、角田がよしと認めれば、ともかくその形で出版されることは、まず間違いないところなのである。

人見は、まるで新人賞に応募しては落選していた時のような気分だった。——作家としての成功も、妻も、友人も、総てが自分から失われて行く。そんな空しさに、捉《とら》えられてただぼんやりとソファに坐り込んでいた。

電話が鳴った。人見は、しばらく鳴るに任せておいた。

「諦めろよ、もうここは閉店するんだぞ」

と呟《つぶや》く。しかし、電話は鳴りやまなかった。

「畜生！」

舌打ちして、受話器を上げる。「はい」

「山倉様でいらっしゃいますか？」

とてきぱきとした女性の声だ。

「そうですが……」

「こちらはKホテルでございます」

「はあ」

「今夜、お部屋のお申し込みをいただいておりましたが、ただいまキャンセルで空きができましたので、ツインの部屋をお取りいたしました」

人見はしばしポカンとしていた。

「――もしもし？」

と不思議そうな向こうの声に、

「あ、ああ、分かりました、どうも」

と慌てて返事をする。

「お待ち申し上げております。チェック・インは四時からでございますので」

「はあ」

「よろしくお願い申し上げます」

電話は切れた。――Kホテル？　今夜の予約？　ツイン・ルームと言った……。

人見の顔から血の気がひいた。美子と中谷が二人で……。

人見は仕事場を飛び出し、階段を一階まで駆け降りると、タクシーをつかまえて、家へ向かった。――美子は家を出る気なのだ！　中谷と二人で！

自宅の玄関が見えて来た。人見は目を見張った。玄関前にタクシーが停まっていて、ボストンバッグを持った美子が、乗り込むところだったのだ。

「美子……」

と思わず呟くと、運転手は車を停めた。

「何ですか？　この辺でいいんで？」

人見は、美子の乗ったタクシーが走り去って行くのを、ぼんやりと見送った。後を追っても、どうにもなるまい。美子は行ってしまったのだ。

「どうするんですか、旦那？」

と運転手が訊いた。

「ん？　ああ……。Kホテルってどこだったかな？」

「新宿に新しくできたホテルですよ」

「そうか。――じゃ、新宿へやってくれ」

人見はゆっくり座席にもたれた。


「もしもし」

と人見は言った。「吉本さんですか?」

「ああ、人見さん!　どこにいるのよ」

威勢のいい紘子の声が飛び出して来る。「さっきから何度も家へかけたのに――。

今どこなの?　ずいぶんやかましいわね」

「ええ、外からなんです」

人見は、周囲の雑踏を見回した。

「昨日の話だけど――」

と紘子が言いかけるのを、

「あれなら、もういいんです」

と人見は遮《さえぎ》った。「もう済んだんです」

「え?　どういうこと?」

と紘子は面喰らったように言った。

「いや、どうもお手数をかけました。もう気にしないで下さい」

「だけど――」

「じゃ、どうも」

人見は電話を切った。――四時になっていた。まだ二人はチェック・インしていないかな、と考える。まあ、どうでもいい。俺には関係ないことだ。

どこかでめちゃくちゃに酔っ払おう。人見はそう決めて、一人、ふらふらと歩きだした。

「酔いたい時には酔えないもんだな」

何軒目かの店を出て、人見は呟いた。――すっかり夜の賑《にぎ》わいである。腕時計を見ると七時になっていた。

時間ばかりが気になる。――二人はもう部屋へ入ったろうか？　夕食でも取っているかもしれない。そしてベッドへ……。

もう忘れろ！　人見は頭を振った。もうあの二人は、俺とは何の関係もないのだ。離婚だって何だってしてやる。好きにするがいいんだ！

人見はふらふらと歩いて、ふとある古道具屋の前で立ち止まった。じっとウインドウの中を見ていたが、やがて店へ入った。

店から出た時には、コートの中の右手は、切れ味の良さそうなナイフを握りしめていた。


「いらっしゃいませ」

「ええと、ツインの部屋を予約した山倉だけど……」

Kホテルのフロントで、人見は言った。

「山倉様でございますね」

「妻がもう来てるはずなんだ。ルームナンバーさえ分かればいい」

「分かりました。——山倉章夫様で？」

「そうだ」

「一八〇五号室。十八階でございます。あちらのエレベーターでどうぞ」

「ありがとう」

人見はエレベーターに乗って、〈18〉のボタンを押した。——二人はいるだろうか？　いたらどうする？　今晩は、とでも言うか。それとも、いきなり……。

右手はずっとナイフを握りしめていたが、果たして本当に殺すつもりなのかどうか、自分でも分からなかった。その時になってみなければ……。

十八階で降りると、ゆっくり廊下を歩いた。一八〇五号室はすぐに分かった。人見はドアの前に立って、ちょっとの間、呼吸を整えるように息をついた。

ノックすると、すぐに美子の声が、

「はい」

と返って来た。ドアが急いで開いた。

「あなた！」

美子は一向に驚いた様子ではなかった。むしろホッとしたような表情だった。

「遅かったのね？　招待状を見なかったのかと思って心配してたのよ」

人見はすっかり面喰《めんく》らってしまった。

「招待状？」

「さあ、早く入って」

狐につままれたような思いで中へ入って、人見は目を丸くした。

テーブルの上に、大きな白いケーキが飾られて、そのそばに、中谷と、吉本紘子、それに見たことのない、若い女性が立っていた。

人見が進んで行くと、紘子が、

「結婚記念日、おめでとう！」

と言った。

「結婚記念日？」

そうだったかな？——人見は思い出せなかった。しかし、ともかくこれは一体、どうなってるんだ？

「おめでとう、人見さん」

と中谷が人見の手を握った。

「ありがとう……」

「紹介したい人がいるんだ」

中谷は、見知らぬ女性のそばへ行って、「ええと……佐藤絹子《さとうきぬこ》さん。僕の——つまり、フィアンセなんだ」

と言いながら、顔を赤らめた。娘のほうは、

「佐藤絹子と申します。よろしく」

と頭を下げる。

「はあ……」

何だかわけが分からぬままに人見も頭を下げた。

「さあ、シャンパンを抜こうよ！」

と紘子が威勢よく言った。

人見はぼんやり突っ立っていた。ともかく美子と中谷の間に何もなかったことだけは分かった。

「さあ、乾杯！」

シャンパンのグラスを持たされて、人見も美子とグラスを打ち合わせた。——美子は、一段と美しかった。見たことのない、洒落《しゃれ》たワンピースを着ている。香水も匂《にお》っているようだ。

「中谷さんが色々とお膳立てして下さったのよ。あなたにまだまだ元気で働いてほしいからってね」

「何しろ人見さんが頑張ってくれないと、僕は半人前どころか三分の一人前ぐらいだからな」

と中谷は笑って言った。「——あ、そうそう、さっき角田さんへ電話を入れたんだけどね。人見さん、最後の章、僕の原稿を入れてくれたんだね。——びっくりしたよ、話を聞いて」

人見は呆気《あっけ》に取られていた。では俺が勝手に入れ違えたのか！

「でもね、角田さん、読み返してみると、やっぱりあの結末は無理だって。あの二人が別れるように書き直してくれってさ。――やはり人見さんにはかなわないよ」

「いや、そ、そんなことはないさ……」

「でも、ありがとう、僕の原稿を使ってくれて」

「いいんだよ」

人見はゆっくりシャンパンを飲んだ。そうだったのか。美子が出かけたのも、中谷が、俺の留守の間に訪ねて来たのも、この準備のためだったのか！　それを俺は……。

吉本紘子がそっと寄って来て、人見の耳元に囁《ささや》いた。

「どう？　取り越し苦労だったでしょう？」

「あの、昨日の話は――」

「分かってるわよ。絶対秘密にするわ」

「恩に着ますよ」

人見は冷汗をそっと拭った。

その後、ささやかなパーティは、もっぱら中谷とフィアンセのほうに話題が集中し、一時間ほど続いた。

「さあ、そろそろ私たちは引き上げましょう！」

と紘子が宣言して、「じゃ、お二人でごゆっくり」と美子の肩を叩《たた》いた。中谷もフィアンセの娘と一緒に別れを告げて、部屋には人見と美子が残った……。

「いい人たちね」

と美子が言った。

「うん」

人見は肯いた。「今夜はえらくきれいだな、美子」

「まあ、あなたにしては珍しいわね、お世辞なんて」

「本気だよ」

「その割には、あなた、ひげも剃《そ》ってないわよ」

と美子が夫の頬《ほお》へ手を触れた。

「忙しかったんだ」

「後で剃ってちょうだいね」

「君にキスする前にね」

美子は顔を赤らめて笑った。

「ケーキが甘かったから、何かさっぱりしたものが欲しいわね。――冷蔵庫に果物があるのよ。でもナイフがないから……」

「ナイフか。持ってるよ」

人見はコートのポケットからナイフを取り出した。「洗えば使えるだろう」

「まあ、どうしてナイフなんか持ってたの？」

「うん？　いや、こんなこともあるかと思ってね」

ととぼけて言った。

「凄《すご》いカンをしてるわね」

「そうだとも」

人見はソファにゆっくりと寛いで、言った。「そうでなくちゃ、作家稼業《かぎょう》はつとまらないよ」

特別休日

1

どこかおかしい……。

目を覚まして、田沢《たざわ》はそう思った。いつもなら、カーテンに当たる朝の光はもっとほのかで、寝室の六畳間を薄明かりで照らすくらいなのだが、今朝は木の影をくっきりと映し出して、端の隙間《すきま》から洩《も》れた光が部屋の中へ白い帯となって入り込んでいる。

一体何時なんだ？　田沢は二、三度目を固くつぶってから頭をめぐらせて壁の時計を見た。——とたんに田沢は布団をはね飛ばすような勢いで起き上がっていた。

「九時だって！」

いや、正確には八時五十二分であったが、八分くらいの差は目に入らなかったのである。今日は……日曜日だったろうか？　いや、そんなはずはない。昨日は確か火曜日だった。ＴＶの番組を憶《おぼ》えている。間違いない。

ということは、つまり……。

田沢は布団から飛び出し、ふすまを開けた。妻の伸子《のぶこ》が、ダイニングキッチンのテーブルでパンを食べている。

「あら、起きたの？」

と夫を見て、ちょっとびっくりした顔になった。

「起きたの、だって？　何時だと思ってるんだ！」

「もうすぐ九時よ」

伸子がいともあっさり答えたので、田沢は一瞬呆気《あっけ》に取られた。

「わ、分かってたら、どうして起こさないんだ！」

田沢の怒鳴《どな》り声に、伸子は面喰《めんく》らった様子で、言った。

「だってあなた――今日は休むんでしょ」

「休むって？――俺が？」

今度は田沢の方が面喰らった。

「そう言ったじゃないの。大口の契約を取りつけたから、守屋《もりや》さんと中本《なかもと》さんと三人が特別に三日間、休暇をもらったんだって」

田沢は突っ立ったままポカンとしていたが、やがて、

「そ、そうだったかな……」

と口の中でモゴモゴと呟《つぶや》きながら、椅子《いす》に坐った。そうだった。どうして忘れていたんだろう。昨日はのんびりと遅くまでテレビを見て、先に眠りかけていた伸子を揺り起こして、久しぶりに夫婦の営みを……。

それでいて、今朝はすっかり忘れているのだ。全く！——田沢は我ながら呆《あき》れた。

「どう？　思い出した？」

伸子が冷やかすように訊《き》く。田沢は大きく息を吐いて、

「光夫《みつお》は？」

と分かり切ったことを訊いた。

「学校に決まってるじゃないの」

「そうか。そうだな」

伸子はクスッと笑った。

「模範的サラリーマンね、あなたは。休みを忘れちゃうなんて」

田沢は苦笑いした。

「日曜以外に休むのなんて何か月ぶりか、だからな」

「どうする？　そうと分かったらまた寝る？」

田沢はちょっと迷ったが、すっかり目は覚めてしまっていた。二度寝しても頭が重くなるだけだろう。

「いや、もう起きるよ」

「それじゃ朝ご飯にするわ。今朝はゆっくり食べられるわよ」

「そうだな」

田沢は、何となく落ち着かない気分で椅子の背にもたれ、テーブルの上の新聞を取って広げた。見出しを見ながら、一方の手がテーブルを探っているのに気付き、慌てて引っ込める。いつもコーヒーを飲みながら新聞を読む――いや、眺めているからだ。

幸い伸子はガステーブルの方に向いているので、気が付かなかったようだ。田沢は両手で大きく新聞を広げた。

田沢は三十七歳である。中規模の専門機器メーカーの営業部係長という、いわゆる中堅――といえば聞こえはいい、要するに一番多忙な、気苦労の多い立場にいる。

会社は一応隔週で週休二日制を取っていたが、その通り休めるのは女子事務員だけで、田沢はその制度が始まって以来、土、日と二日休んだことは一度もない。それどころか、一日の休みも午前中出勤、午後から呼び出し、夕方から出張――といった具合に、潰《つぶ》れることが珍しくなかった。

特にこの一年、業界の不況は彼の会社だけを素通りしてはくれず、営業マンにとっては毎日が戦争のようだった。土曜も日曜もない。町を歩いていて、いやに人通りが多いのに気付いて考えてみると、日曜だった、ということもあった。

得意先の接待、付け届けなどで夜も遅く帰ることが多い。一人息子の光夫は小学校の三年生だが、普段はめったに顔を合わせることもない始末だ。――その忙しいさなかの特別休暇だ。しかも三日間！　思いがけぬ大口契約の成立の功を認められてのことだが、課長からそう聞かされた時も、さっぱり実感がなかったのは、のんびり休むという感覚を忘れてしまっていたのだろう。

「守屋さんと中本さんはゆっくり眠ってるかしらね」

久しく朝食のテーブルではお目にかかったことのない目玉焼きを夫の前へ置きながら、伸子が言った。

「そうだな。守屋の所は子供が幼稚園だし、中本は独身だ。――まあ、昼過ぎまで寝てるだろうよ」

田沢はコーヒーを飲もうとして、ふと時計に目を止めた。――九時を過ぎている。

会社では、仕事が始まっているのだ。

ゆっくりとコーヒーをすすりながら、田沢は、初めて会社を休んだのだという実感を味わっていた。


「人通りが多いもんだなあ」

休みでもないのに、と田沢は駅前のスーパーの入ったビルの中を歩きながら思った。

子供連れの主婦ばかりではない。結構、父親らしい姿も見えるのは、きっとサービス業などに勤めていて、日曜以外が休日なのだろう。まさか、みんながみんな特別休暇ってわけじゃあるまい、とちょっぴり得意な気分になって考える。

ビルの中の本屋に寄って、何を買うというのでもないのだが、ぶらぶらと書棚を見て歩く。いつも八時に閉まるので、寄れたためしがない。――それでも、つい目は仕事に関係のある経済書やセールス関係の本へ向いてしまう。いささか自分でもいやになって、適当に手に触れた週刊誌を買い、同じフロアにある喫茶店へ入った。

「せっかく休みなんだから、散歩でもしてらっしゃいよ」

伸子に言われて出て来たのだが、さて、どこへ行くといって、別に思い付かない。

商店街をわきへ入った所にポルノ専門の映画館があって、入ってみるかな、とポケットから財布を出しかけたのだが、ちょうどそこへ近所の主婦が通りかかって会釈されたので、こっちも頭を下げて、慌てて逃げ出してしまった。

全く、伸子の言う通り、模範的サラリーマンなのかもしれない。休めない休めない、と文句を言っておいて、いざ休んだら何をしていいのか分からないと来ている。

田沢は腕時計を見た。家を出て来て、まだ三十分しかたっていない。あまり早く帰っては、また伸子に冷やかされそうだ。もう少し時間を潰そう。——しかし、何をして?

田沢は、ふと思い付いて、喫茶店の公衆電話の所へ立って行った。他の二人、守屋と中本はどうしているのか、電話してみようかと思ったのだ。

守屋は田沢より三年後輩の、同じ係長だ。なかなか頭の切れる男で、課長のおぼえもめでたい。しかし、人当たりの柔らかい性格なので、同僚から反感を買うことはなかった。

ダイヤルを回し、ほどなく守屋の妻が出た。

「田沢ですが」

「あ、どうも。いつも主人が——」

何だか慌てたような口調だ。

「ご主人はおられますか」

「あの――それが、出かけておりまして――」

「そうですか。それなら結構です」

「どうも、申し訳ありません」

いやにあわただしい感じで、電話が切れてしまった。客でもあったか、鍋でも火にかけっ放しになっていたのだろうか。

田沢は中本のアパートの電話番号を回した。――中本は田沢の補佐に当たる部下である。三十一歳だが、まだ独身で、のんびり暮らしている。

五回、六回、と呼び出し音が続いたが、一向に出る気配もない。どうやら中本も出かけてしまったようだ。まあ、せっかくの休みにアパートの部屋にいても面白くはあるまいが。

田沢は席へ戻ってコーヒーを飲み終えると、家へ帰ることにした。行くあてもないのに歩き回っても仕方ないし、それに留守の間に、会社から電話でも入っているかもしれない。何しろ補佐の中本も休んでいるのだから、何かあった時には、休みなどお構いなしで電話して来るだろう。

「――ただいま」

伸子が台所から顔を出して、

「あら、もうお帰り？」

「うん。行く所もないからな」

と奥へ行きかけて、「電話なかったか？」

「別にないけど……。どこかからかかるはずなの？」

「いや、そうじゃないが――」

田沢は曖昧《あいまい》に言葉を濁した。「なきゃいいんだ」

奥の部屋で寝転がりながら、田沢は、何となく、がっかりしていた。

2

二日目は、さすがに慌てて飛び起きるようなことはなかった。

目が覚めると九時半で、大きな欠伸《あくび》をして布団に起き上がったが、

「いてっ」

と腰を押さえて顔をしかめた。肩や腕の筋肉も痛んだ。久しぶりで昨日光夫と遊んだせいだ。――近所の公園へ行って、キャッチボールをしたり鉄棒をしたり、帰りに

は駅前へ回って二人でホットケーキを食べて来た。光夫が目を輝かせて喜んでいる姿を見ると、田沢は胸が痛む思いだった。

いかに自分が普段子供に構ってやれないかを、つくづく感じた。仕事なんだから、仕方ないとはいっても、それで子供の心が慰められるわけではない……。

「おはよう。どうしたの？」

伸子は、夫が足を引きずりながら起きて来たのに目を丸くした。

「急に運動したもんだから……。いてて……」

伸子は笑いながら、

「たまに家庭サービスなんて考えるからよ」

「そうからかうな。たまには光夫の奴と遊んでやらなくちゃな」

伸子はガステーブルの方へ立って行って、ふと思い出したように言った。

「あ、さっき会社の人から電話があったわよ」

とたんに田沢は腰の痛みも忘れてしまった。

「な、何だって？　誰からだった？」

「さあ、訊かなかったわ。『まだ寝てます』って言ったら『じゃ結構です』って。大した用じゃないみたいよ」

「どうして起こさないんだ！」

「だって向こうがすぐ切っちゃったんですもの」

「し、しかし、相手の名前くらい……」

苛々《いらいら》と言いかけて、「男だったか、女だったのか？」

「女の人だったわ。えらく太い声の」

「柴山《しばやま》さんだ」

と田沢は言った。柴山は課長の秘書をしている、四十歳の女性だ。男まさりのガラガラ声が特徴で、気性の方も同様だった。しかし、課長秘書がなぜ電話を？——何かあったのだろうか？　それなら電話をすぐ切るのもおかしい……。

「かけてみる」

田沢は急いで廊下の電話へ走って行くと、会社の番号へかけた。ジリジリしながら待つ内に、やっと受付が出た。

「田沢だがね——」

「は？　どちらの田中様ですか？」

「田沢だよ、営業の！」

「あ、何だ、係長ですか。おはようございます」

と受付の女の子はクスクス笑っている。

「柴山さんを出してくれ」

「お待ち下さい」

待つほどもなく、柴山克子《かつこ》の塩辛声が聞こえて来た。

「あら、田沢さん、もう起きたの？　ゆっくり寝てりゃいいのに」

「さっき電話をくれたのは君かい？」

「そうよ」

「何かあったの？」

「そうじゃないわよ。課長が出かけたからさ、あなた休みをどうしてるかなと思って」

「それだけ？」

田沢は拍子抜けして訊き返した。

「それだけよ。悪かったわねえ、起こしちゃって」

「い、いや、どうせもう……。それで仕事の方は巧く――」

と言いかけて口をつぐむ。彼の係のことまで、彼女が知るわけはない。

「それならいいんだ。何かあったのかと思ってね」

「何もないわよ。ご心配なく。ゆっくり休みなさいよ」

「ありがとう……」

ダイニングへ戻ると、伸子が、

「どうだったの？　何か急用？」

と訊いた。田沢はちょっと詰まったが、

「——急用、ってことでもないけどね——会議のことでちょっと」

と言いながらテーブルについた。新聞を広げながら、何ともいえない寂しさが自分の内に広がって来るのを、田沢は感じた。——休んで、もう二日目だというのに、電話で彼の指示を仰いで来るでもないし、緊急《きんきゅう》の用で呼び出されるわけでもない。

自分なしでも、仕事は支障なく進んでいるのだ。そう思うと、急にまた腰が痛み出すのを感じた。

「二人で外食なんて本当に久しぶりね」

伸子はレストランの中を見回しながら、しみじみと言った。「——あなた、どこか一人で好きな所へ行ってくれればいいのに」

「たまにはいいじゃないか。光夫の奴もまだしばらく帰って来ないし」

「あそこの映画館でポルノでも見てらっしゃいよ」

「お、おい——」

田沢が慌てると、伸子は笑って、

「土屋《つちや》さんの奥さんが言ってたのよ、あなたがあそこへ入りかけてたのに、顔が合っちゃったもんで、悪いことしちゃったって」

「お、俺はただ通りかかっただけさ」

とぼけて見せたが、我ながらまずい演技だった。「——たまには家族で旅行でもしたいなあ」

言ってしまってから自分で驚いた。話をそらすつもりで思い付くままを口にしたのだが、そこに思いがけず実感が籠《こも》っていたからである。

「そうねえ。前に旅行したのはいつだったかしら……」

伸子は微笑《ほほえ》んで、「でも、無理しなくていいのよ。お仕事が第一ですもの」

田沢は急に雲が風で吹き払われたような、何かふっ切れた気持ちになった。自分なしでも、仕事は順調に運んでいる。それは寂しいことではあるが、逆に考えれば、家族のための時間をもっと取っても、仕事には支障ないということでもある。

今までは、俺が休んだら会社が潰れる——極端に言えば、そんな切迫した気持ちでいたのが、この不意の休日で、突然目を覚まされたような気がしたのだった。

料理はありふれて、特別旨《うま》くもなかったが、二人は大いに楽しみながら食べた。接待でもなく、レストランで食事をするというのは、考えてみれば滅多にないことである。

「ちょっとトイレに行って来るわ」

伸子がテーブルを離れると、田沢はウェイトレスを呼んでコーヒーとミルクティーを頼んだ。伸子が昔、喫茶店では必ずミルクティーを飲んでいたことを思い出したのだ。

ゆっくりタバコをふかしていた田沢は、ふと「特別休暇」という言葉を耳にして振り向いた。――昼休みのサラリーマンらしい中年の男が二人、安い定食をかき込みながら、すぐ後ろのテーブルで話しているのが、耳に入って来る。

「ひどい話じゃねえか」

「全くむごいことをするなあ。――じゃ、本人にはただ特別休暇だと言って？」

「そうなんだよ。功労賞《こうろう》だか何だか、適当な理由をくっつけて一週間の休みをやる。本人は大喜びで命の洗濯《せんたく》さ」

「で、一週間たって出社してみると――」

「自分の机はなくなってたってわけさ」

「びっくりしたろうなあ」

「周囲の奴に話しかけても、誰も返事もしない。まるで透明人間か幽霊にでもなったみたいだったそうだよ」

「そうだろうな」

「で、今までの自分のポストには、一番信頼していて、自分が結婚の仲人までつとめた部下が坐ってた、っていうんだからね」

「それでその男、どうしたんだい？」

「やっとそれが自分を辞職させるための強引な手だったんだと気付いて、組合へ訴えたそうだが、なあに、今の組合なんて会社第一だからな」

「うん、それはそうだ」

「結局相手にされず、それでも一週間、毎日会社へ足を運んだそうだよ。——他に行く所もないからな」

「その挙句に……」

「ビルの屋上から飛び降りて、一巻の終わりさ」

「気の毒に。しかし、俺たちも気を付けなきゃなあ。——まあ、クビになったからって、死ぬ気はないがね」

「いや、分からないぜ。急に、『もう会社へ来なくていい』と言われたら……。その時になってみないと、どうするか分からないぜ……」

伸子が戻って来た。

「あら、どうしたの？」

「――え？　何か言ったか？」

田沢は我に返った。

「何だかずいぶんむつかしい顔してたわよ」

「そ、そうかい……」

ウェイトレスがコーヒーとミルクティーを運んで来た。伸子は嬉《うれ》しそうに、

「まあ、よく憶えてたわね、私がミルクティーを飲むのを」

「ああ……。忘れやしないよ」

「ねえ、どうかしら、さっきの話」

「え？　さっきの、って？」

「旅行でもしようかって言ったじゃないの。暮から正月にかけてなら、そうお仕事にも差し支えなく行けるんじゃない？」

「ああ。そう——そうだな」

田沢は笑顔を作った。「いいじゃないか」

「そう？　光夫もきっと喜ぶわ。私、どこかいい所を捜しておくわ」

「頼むよ」

コーヒーの味がさっぱり分からなかった。後ろのテーブルの二人は、もう席を立っている。そろそろ一時で、会社へ戻らねばならないのだろう。——戻る会社があるだけ、まだ幸せなのかもしれない。

特別休暇。強制退職。

「まさか！」

思わず口に出して呟いた。

「何か言った？」

不思議そうに訊く妻へ、慌てて首を振ってみせ、

「いや、何でもない」

そうとも。うちの会社が、そんな真似をするものか。そんな非人情なことを……。

田沢はコーヒーを一気に飲みほした。

3

レストランを出ると、田沢は、

「ちょっと一人でぶらぶらしてから帰るよ」

と言った。

「どうぞどうぞ。私もせっかくここまで来たから、スーパーで買い物して帰るわ。ごゆっくり」

「ああ」

伸子の姿が人の流れに消えるのを見送ってから、田沢は息をついた。きっと彼がポルノでも見て来るのだと思っているだろう。——だが、田沢はそんなつもりはなかった。

公衆電話のボックスへ入ると、しばらくためらってから、思い切って受話器を取った。——守屋の家へかけた。

「守屋でございます」

守屋の妻が出る。田沢は少し声を押し殺すようにして、

「あの、ご主人はご在宅でしょうか？」

「どちら様で……」

「あの――伊藤と申します」

とっさに、伸子の旧姓を持ち出した。「以前、仕事でご主人にお世話になった者ですが」

「さようでございますか。あの主人は会社へ行っておりますが」

「――そ、そうですか。では会社の方へかけてみます。どうも」

「いえ――」

受話器を戻す手が震えた。守屋が会社へ行っている？　これはどういうことなのだろう？　一緒に三日間の休暇をもらったはずではないか。

田沢は中本のアパートへ電話をかけた。しかし、昨日と同じように、誰も出ない。

中本も、出社しているとしたら？

「そんな馬鹿な！」

あんな話がそうそうあってたまるものか。よほど特別な例だ。よほど不況で、人員整理の必要な企業が、不要な人材を切り捨てているのだ。――うちの社はまだそんな所まで行ってはいない。

そうか？　本当にそうか？

田沢は電話ボックスを出ると、別にあてもなく歩き出した。

不況といえば、自分の会社も不況には違いない。人員整理の噂《うわさ》も、陰では囁《ささや》かれたことがある。しかし、俺は不要な人材ではないはずだ。田沢はそう自分に言った。何といっても近来にない大口の契約を取ったんだからな。

しかし、上層部の考えは、彼のような中堅社員には全く分からないのだ。もし、誰かを辞めさせるとしたら……。そうだ、現に、彼がいなくても、仕事は順調に進んでいるではないか。それはつまり、彼が不要な人材だということではないのか……。

田沢は、出社して、自分の机も椅子もなくなっているのを見た時のことを想像すると、本当に血の気がひくのを感じた。席がなくても、毎日毎日、出勤して行く姿を頭に描くと、やり切れない気がする。

他に行く所もないから……。

本当だ。今、「会社」を失ったら、一体どこへ行けばいいのだろう。――そう考えて、田沢はぞっとした。自分が、会社という底なし沼につかって、溺《おぼ》れそうで溺れないままに、出ることもできずにいる、という気がしたのである。

田沢は駅の改札口の前に立っていた。これも習性だ。

休日はもう一日ある。しかし、もし、懸念が事実だとしたら……一日のせいで手遅れになるかもしれない。いや、もしそれが決定したことなら、彼一人の力でどうなるものでもないが、しかし、ともかく確かめたかった。恐ろしい想像に悩まされているよりはましだ。

田沢は切符を買って、駅へ入った。

普段着にサンダルばきのままでオフィス街を歩くのは、何だか気恥ずかしい感じだった。えらく場違いで、奇異の目で見られているような気がする。

会社へ向かって歩いて行きながら、田沢は、自分がどうするつもりなのか分かっていなかった。この格好で、事務所へ何と言って顔を出すつもりなのか。もし本当に彼の席がなくなっていたら、どうするのか。——何も考えていなかった。

会社のビルへ近付くにつれ、足取りは重くなる。このまま家へ帰ってしまおうか、と思った。どうなるにせよ、今さら慌てても仕方がないではないか。——迷って、行くも帰るもならず、足を止めた。

ふと頭《こうべ》をめぐらすと……ガラス張りの喫茶店の奥のテーブルに、守屋と中本の姿があった。錯覚かと、思わず目をこすったが、間違いなく、あの二人だ。背広にネクタイ姿である。やはり中本も出社していたのだ。

店へ入って行くと、中本が彼に気付いた。

「係長！　どうしたんです？」

「いや……。どうってことはないがね」

田沢は二人のわきに腰をおろした。

「田沢さん、その格好で会社へ？」

と守屋が愉快そうに訊いた。

「いや、会社へは行ってないよ」

「じゃ、ここまで何の用で？」

「君たちこそどうしたんだ？　三日間休みをもらったはずじゃないか」

守屋と中本は困ったように顔を見合わせたが、守屋の方が照れくさそうに言い出した。

「いや、全く馬鹿げた話なんですよ。昨日は一日のんびりしました。近くの川へ散歩に行ったり、本を読んだりね。……ところが、今日になると、もうだめなんです。落ち着いて休んでいられないんですよ。あの仕事はどうしたろう、この手紙は間違いなく出してあるかしらと考え出すと、もういても立ってもいられなくなりましてね。昼には家を出てしまったんです。女房の奴には全く救い難いという顔をされましたがね」

「僕も同様です」

中本も苦笑いした。「まだそこまで会社人間になっちゃいないと思ってたんですが、休んでみるとだめですね。係長がいらっしゃらないのに、俺まで休んでいいのか。もし何かあったらどうしよう、なんて考えましてね。――まあ、何かあれば電話があるはずですけどね。頭でそう分かっていても、体の方がさっさと背広を着てネクタイをしめて――って感じです。で、出社してみると守屋さんもみえてるじゃないですか」

「二人で大笑いしましたよ」

田沢は自然に微笑が浮かんで来るのを感じた。――みんな模範的サラリーマンなんだ。本当に。

「で、こんな所で何してるんだ?」

「いや社長に渋い顔をされましてね。『せっかく努力賞の意味で休暇をやったのに、出て来られては、他の社員への励ましにならない』と言われて、帰ることにしたんですよ」

田沢は声をあげて笑った。

「全く救い難いな、俺たちは!」

「係長はどうしてここへ来られたんです？」

中本に訊かれて、田沢はぐっと詰まった。今になっては、あんな心配が何とも馬鹿げて見える。

「ま、いいじゃないか、そんなこと」

とごまかして、「どうだ、時間を持て余してるんだろう。一つ映画でも見て、それから俺の家で飲もうじゃないか。明日も休みなんだからな」

「いいですね！」

中本がニヤリとした。

「よし、じゃ出かけよう。——おい、ネクタイなんか外しちまえよ。会社へ行くわけじゃないんだぞ」


「すると、かなり酔っておられたんですね？」

と警官が訊いた。中本は肯《うなず》いて、

「ええ……。いつもはあんなに飲む人じゃないんです。係長は。駅まで送ってもらって……そこで、もう一度飲み直そうと言い出して」

「喧嘩《けんか》の原因は何だったんです？」

「さあ、分かりません。――つまらないことだったんでしょう。本当にいつも穏やかな人で、喧嘩なんかしない人なんですが。止めるひまもありませんでした。相手がナイフを持ってるなんて知らなかったし……」

「運が悪かったですな。一突きで、心臓をやられていましたからね。――どうしてそんなに飲んだんです？」

「明日も休みだったもんですから。明日が会社なら……ああは飲まなかったでしょう」

守屋が戻って来た。

「奥さんに電話して来たよ。――すぐ来るはずだ」

二人は沈み切って、頭をかかえていた。

警官が息をついて言った。

「あまり慣れないことをするものじゃありませんな」

高慢な死体

1

　時間潰《つぶ》しのコーヒーも四杯目となるとさすがにうんざりして、早過ぎるのを承知で、私はS映画社の試写室へ入った。椅子《いす》が五十ばかりしかない狭い部屋は、まるで冷蔵庫のように冷房が利いていて、私は慌てて腕にかけていた上衣に腕を通した。

　驚いたことに先客があった。もっとも、最前列のその頭がこっちを向く前に、私はそれが誰なのか分かっていたのだが。

「今晩は」

　そう言ってから、小野邦子《おののくにこ》は慌てて、「おはようございます」と言い直した。

「おはよう」

私は微笑《ほほえ》んで、中ほどの席に腰を降ろすと、上衣のポケットから一本だけ残っていたハイライトを取り出し、百円ライターで火を点《つ》ける。小野邦子は席を立って私のそばへやって来た。半袖《はんそで》の紺《こん》のTシャツにジーパンのスタイル。私なら、たちまち神経痛でやられてしまうところだ。

「何だか落ち着かなくって……」

邦子ははにかみがちに笑った。

「照れることはないよ」

「でも……馬鹿みたいでしょう、一時間も前から試写室に来てるなんて」

「初めて自分の名がタイトルに出るときは誰だって興奮するものさ」

「先生もそうだった?」

「ああ、胸がジンと熱くなってね。——ただし、『脚本・加納裕二《かのうゆうじ》』のタイトルの「二」の字が『次』になってて、ちょっと興ざめだったがね」

「どんな脚本《ほん》だったのかしら?」

「言わぬが花だね」

邦子は笑った。美人とは言えないが、その笑顔は大変人なつっこい魅力を感じさせる。しかし、まだ彼女は十九歳なのである。若さは、それ自体、一つの魅力だ。

背後で誰かがひどく咳込《せきこ》んだ。映写技師の昭介《しょうすけ》じいさんだ。

「じいさん、風邪かい?」

私は声をかけた。

「ああ……急に寒いところへ入ると、とたんにこうだよ」

言い終えないうちに、またひとしきり咳込むと、狭《せま》い通路を、足を引きずりながら、一回りすると、試写室を出て行った。和田《わだ》昭介といえば、トーキーの初期にはかなり知られたカメラマンだった。それが戦争で負傷し、長い入院生活を終えた時は、もう映画はカラー時代。取り残された昭介じいさんは酒に溺《おぼ》れるようになり、ホームレス同然のところを、たまたま昔なじみだったプロデューサーに拾われて、ここで映写技師をするようになったのである。

腕時計を見ると、六時半だった。そろそろみんなやって来るだろう。——今日は単発物のTV映画「炎の女」の試写だった。私のオリジナルシナリオ——といっても、もちろん方々からコテンパンにやられて満身創痍《そうい》。ツギハギ。ホコロビだらけの作品だが。それに監督が谷周平《たにしゅうへい》、プロデューサーは、顔なじみの桑田満《くわたみつる》だ。

ちょうどそこへ谷と桑田がそろって入って来た。

「おはようございます」

邦子が元気よく挨拶《あいさつ》した。

「ああ、おはよう」

ずんぐりと中年太りの桑田が愛想よく応じる。若い娘には、大体いつも愛想がいいのだ。同じ中年ながら、こちらはガリガリの谷の方はブスッとして、一番後列の席に腰を降ろすと、行儀悪く前の席の背に足を乗せて目をつぶってしまった。黒ずくめのスタイルとベレー帽のおかげで、芸術家らしい雰囲気《ふんいき》はあるものの、その作品と来たら、これはどう逆立ちしても芸術とは呼べないしろものだ。

邦子は私の隣の席に腰を降ろすと、背後の谷をちらっと見てから、低い声で言った。

「分からないわ。自分の作品を見るのに、あんな風にしていられるなんて……」

「あれぐらいになると、もう新鮮な感動なんてないのさ」

「でも自分が生み出した作品でしょう？　出来が良くても悪くても、少しくらいは愛着があって当然じゃないかしら？」

邦子はちょっと熱を込めて言ってから、「ごめんなさい、生意気言って」

と声を低めた。私は微笑んで、

「いや、その気持ちを忘れちゃいけないよ」

と教訓めいたセリフを口にした。それから、自分はどうなんだ、とちょっと白けた気分になる。——いや、しかし少なくとも俺は自分の名をタイトルに見る度に感激しているぞ。それがあればこそ、どんなに馬鹿らしい物でも、せっせと書いて来たんじゃないか……。

製作助手やら、助監督、カメラマン、といった連中がゾロゾロ入って来た。みんな一様に長髪で、私など、どれが誰やらなかなか見分けもつかない。

「私、一番前の列で見て来ます」

と邦子が席を立って行った。私は桑田を振り向いて、

「彼女、来るのか?」

と訊いた。桑田はそっ気ない調子で、

「と思うがね」

と目をそらした。妙だな、と思った。何かあったな、さては——。

「遅くなって!」

若々しい声が飛び込んで来た。助演者の一人、石川肇《いしかわはじめ》である。二十歳になったばかりの青年で、芝居はともかく、若々しい新鮮さがあって、好感が持てた。石川は試写室の中をぐるりと見回し、

「あれ、彼女、まだなんですか？」

と不思議そうに言った。「おかしいな、先に出たのに……」

「一緒だったのか？」

桑田が訊いた。妙に真剣な口調に私は気付いた。

「TVスタジオで一緒になったんですよ。僕が忘れ物をしたと言ったら、さっさとタクシーを拾って、一人で行っちまったんですが……」

昭介じいさんが、扉から顔を出して、

「もう始めていいですかい？」

と桑田に訊いた。

「ちょっと待ってくれ。彼女が来ないと……」

急にじいさんを荒々しく押し退けて、彼女が入って来た。

小原朱実《おはらあけみ》――マスコミは彼女の名を英語風にこじつけて、スカーレット・オハラといういうニックネームで呼んでいる。その美貌《びぼう》と気性の激しさ、人を人とも思わぬ振る舞いなどが、あの「風と共に去りぬ」のヒロインを連想させるのだろうか。

彼女は目のさめるような、真紅のワンピースを着ていた。スカーレットのイメージに合わせて、マネージャーが彼女に必ず「赤」を着るようにさせているのだ。

「やあ、小原君」

声をかけた桑田を無視して、小原朱実は最後列の、谷監督の隣の席に坐った。桑田の顔色がちょっと変わって、一同の間に、音にならないざわめきが広がる。——彼女、もう乗り換えたのか。やれやれ、お盛んなこった。桑田さんも気の毒に、彼女にいいように遊ばれただけじゃないか……。その沈黙と目配せは、そう語っていた。

「ちょっと、まだ始まらないの？」

尖《とが》った声で小原朱実が言った。「忙しいんだから早くしてよ」

「始めていいよ、じいさん」

桑田が努めて平静な声で言うと、入口の所に立っていた昭介じいさんはまた咳込みながら出て行った。

「何のろのろ歩いてんのよ！　早くしろって言ったでしょう！」

小原朱実が追いかけるように昭介じいさんを怒鳴りつけるのを聞いて、私はムッとした。何という思いやりのない言葉だ。小原朱実は、吐き捨てるように、

「もう耳も遠くなってんじゃないの。あんなよぼよぼの年寄りを何で置いとくのかしら」

私は腹が立って、よほど、彼は君が生まれるずっと前から映画を撮り続けていたん

だぞ、と言ってやろうかと思ったが、やめておいた。それで反省するような女ではないのだ。

「今度の仕事は、あんまり乗れなかったわね」

小原朱実は誰に言うでもなく、大声でしゃべっていた。「初めの脚本《ほん》が悪すぎたのよ。精一杯手直しさせたけど、もとが悪くちゃね、どうしようもないわ」

私は黙っていた。自分のことを言われるのは、我慢できる。彼女は続けて、

「加納さんは、女ってものが、まるで分かってないのよ。イメージが古いのね。――あれじゃ奥さんに逃げられちゃうはずよ」

最前列で、小野邦子が思わず振り向くのが見えた。憤りと同情の入り混じった視線で私を見る。私は黙って微笑み、肯《うなず》いて見せた。こんなことでいちいち腹を立てていては、この世界に生きては行けないのだ。

私が一向に腹を立てないので、がっかりしたのか、小原朱実はタバコを喫《す》い始めた。

二十四歳。美しさの盛りだろう。それも現代人に好まれる、ちょっとアクの強い美しさで、それが彼女を一躍スターの座に押し上げたのだ。だが、それはいつまで続くものか、誰も知らない。本人だけが、永久に続くと信じ込んでいるのだ。

「風と共に去りぬ」のヒロインの生命は永遠かもしれないが、それはスカーレット・

オハラの、タラの地にしがみついて生きて行こうとする、逞《たくま》しい不屈の生命力のゆえなのだ。決して、うぬぼれや、わがままのせいではない……。

場内が暗くなって、試写は始まった。

——私が初め意図していたものとは全く違う、ちぐはぐなラストシーンを見終えて、背のびをすると、急に場内が真っ暗になった。

「何だ……」

「どうしたんだ？」

「すぐに明るくなるさ」

といった声が暗がりの中を飛びかって、その間、ものの一分もあったろうか、やっと場内が明るくなった。

「やれやれ——」

「気に入ったかね、小原君」

と振り向いた桑田が、短い奇妙な声を上げた。——しばし、試写室内は静まりかえった。

小野邦子が、

「いやだ！……どうしたの？　どうしたの？」

と、混乱した声で叫んだ。

小原朱実は、椅子の背にもたれて、頭を後へガクンとのけぞらせて動かなかった。死んでいることは、医者でなくても分かった。

「触れるな!」

かけ寄ろうとする者を押し止《とど》めて、私は叫んだ。「もう死んでいる。さわってはだめだ。みんなじっとして!」

「——何てこった!」

桑田が呆然《ぼうぜん》と呟《つぶや》く。

「でも、どうして……一体……」

小野邦子が呟いた。「発作か何か?」

「——少なくとも本人の発作ではないね」

私はそっと歩み寄ると小原朱実の顔を覗《のぞ》き込んで、「首の回りに紐《ひも》の食い込んだ跡があるよ」

「それじゃ——彼女は殺された、と——?」

桑田は赤ら顔を蒼白《そうはく》にして言った。

「そうだ。警察の出番らしいね」

その時、ウーンと唸《うな》り声がして、一瞬みんな飛び上がるほど驚いた。小原朱実の隣の席で監督の谷がもぞもぞと身動きした。今まで眠っていたのだ。

「あーあ、もう終わったのかい？」

目をこすりながら声を上げる谷を、みんな何とも複雑な思いで眺めた。——私は、昭介じいさんに、すぐ警察へ電話するように言おうと、試写室を飛び出した。試写室の扉は一番後で、それを出てすぐわきのドアを開けて、映写室を覗いた。

「昭介じいさん！　大変なことになったぜ。すぐ警察へ——」

私は言葉を切った。じいさんは、映写室の狭苦しい床の、フィルムの山の間に真っ赤な顔で坐り込んでいた。トロンとした目で私を見上げると、

「何でえ、加納ちゃんじゃねえか……。ヒック。……どうだ、一杯、ヒック……」

床には、カップ酒の空ビンが二、三本転がっている。——じいさん、また酒を始めたのか。私は暗い気持ちになったが、今はそれどころではない。仕方なく自分で警察へ連絡すべく、廊下の公衆電話へと急いだ。

2

「大変なことになっちゃったわね」

邦子は、今にも泣き出しそうだ。「せっかくの初出演なのに……これで何もかもめちゃくちゃだわ」

「そんなことはないさ。小原朱実が自分で人を殺したのならともかく、殺された被害者なんだからね、放映中止にはならないさ」

「そうかしら？……いなかの両親にも、今度の土曜の夜だって知らせちゃったの。きっとみんな大騒ぎして待ってると思うわ。たったセリフ三つでもね……」

「大丈夫だよ」

私は力づけるように、邦子の手を軽く叩《たた》いてやった。——一同は、会議室とは名ばかりの、狭苦しい部屋に集められて、警察の取り調べを受けるのを待っていた。それでも、さすが芸能界である。小原朱実の死というビッグ・ニュースをいかに巧《うま》く利用するか、彼女が出演契約していた役は誰の手に落ちるか、みんなの話題はもっぱらそんなところに集まっていた。

ただ、プロデューサーの桑田、監督の谷、それに若い石川肇の三人だけは、他の連中の話に加わらず、固い表情で黙りこくっていた。

「谷は、小原朱実が死んでると知ったら、どんな風だった?」

私は低い声で邦子に訊いた。

「それがね、しばらくポカンとしてたの。それから何か変な物でも踏みつけたみたいに、悲鳴を上げて飛び上がって——。大変だったわ。いつもの、取り澄ましたところなんか、どこかに飛んでっちゃって」

私は思わず笑いをかみ殺した。その時、ドアが開いて、ずんぐりと太った男が入って来た。丸い童顔に、度の強いメガネ、はげ上がった頭のその男は、警視庁の加賀見《かがみ》警部と自己紹介した。

「皆さんお忙しい方ばかりですから、お手間は取らせたくないのですが、何分、事件が事件なもので……。では早速、お一人ずつ話を伺いましょう。まず警察へ通報された方は……」

「私です」

加賀見警部は、ちらっと私を見て、

「では、隣の部屋でお話を伺います。どうぞ」

小さな応接室へ入って行くと、加賀見警部が、私を皮肉な目で見上げていた。

「おい、加納、相変わらず台本書きか」

「シナリオ作家と言ってほしいな」

私は腰を降ろして言った。「しかし、こっちもびっくりだぜ。加賀見とはね。えらくキザな名前じゃないか」

警部はちょっと赤くなって、

「ペンネームみたいなもんさ。山田一郎じゃ迫力がないじゃないか」

「僕が本名を使い、君が芸名を使うとはね、あべこべだな」

――山田と私は、高校大学を通じての無二の親友であった。面白いことに、山田が熱烈な映画狂で、シナリオなどを高校時代から書きまくって、将来映画の世界へ進むのを夢見ていたのに、当時の私は、もっぱら犯罪に興味を持ち、大きな事件があると必ずその現地へ出向いて調査して回るほどだった。

そんな私たちの関係が逆転したのは、山田が、あるシナリオコンクールに私にも応募してみろとしつこく勧めたのがきっかけだった。私は生まれて初めてシナリオというものを書いたのだが、それが入選してしまったのである。

以後、山田の方は筆を折ってしまい、私は私で、映像の持つ魅力のとりこになって行ったという訳だ。山田が加賀見などと名乗っているのは、心のどこかに、まだかつての映画青年のロマンチシズムが残っているせいではないだろうか……。

「さて、と。じゃ、話を聞こうか」

加賀見警部は、椅子に坐り直した。

私は事件の経過を手短に説明した。

「――なるほど。すると、試写の後、一分ばかり試写室の中が真っ暗になった。その間に殺された、という訳だな」

「おそらくね」

「試写の最中にはどうだろう?」

「難しいだろうね。全然不可能とは言わないが、映写中はスクリーンの光で、割合場内は明るいから、動けば目立つよ。ただ小原朱実は最後列に坐っていた。後ろの通路に入り込むのはできない相談じゃないね」

「試写室の明かりの操作はどこでやるんだ?」

「映写室だよ」

「すると……その酔っぱらっちまってたじいさんがくさいじゃないか」

「確かに、一見そう見えるがね。しかしじいさんには無理なんだよ」

「なぜだい？」

「つまり、もしじいさんが小原朱実を殺そうと思えば、映写室の横のドアから出て、試写室の扉を開けて入って来なくてはならない。そうなれば真っ暗な試写室に外の明かりが洩《も》れて来て、すぐ分かってしまうよ」

「なるほど、そうか……。しかし共犯ってことは考えられるな」

「一応はね。しかしじいさんは酔ってへべれけだったんだ。そう正確に犯人の指示どおりに動けたかね。僕はむしろ、試写室の明かりが消えたのは偶然のミスだったと思っている」

「すると犯人は――」

「もともと小原朱実に殺意を抱いていたのが、たまたま今日、決定的な何かがあったんじゃないかな。暗い中で試写を見ていると、いろいろなことを考えるもんだ。そこへ、突然明かりが消えた。一かばちか、やってやろうと思ったんじゃないだろうか」

加賀見は驚いた様子で、

「何だかいやに詳しいじゃないか。まさか、お前が犯人じゃあるまいな」

「作家は想像力が豊かでなくちゃね。――それに、僕には動機がないぜ」

「そうそう、その動機の方も聞きたかったんだ。お前なら何かと事情に通じてるだろうと思ってな」

「それはどうかね。小原朱実の今までの経歴はそれこそ謎《なぞ》に包まれてるんだ。よくスターに仕立てあげるために、わざと出生の秘密などという話をデッチあげるんだが、彼女の場合はそれこそ秘密でね、彼女を売り出したプロデューサーの桑田も、何一つ知らないんだよ」

「桑田っていうのは、小原朱実と――その――できてたんじゃないのか？」

私は思わず吹き出した。

「できてる、とは、また古い言い回しだね。まあ確かにその通りだ。ついこの間まではね」

「というと？」

「桑田は、こう言っちゃ悪いが、彼女にとっては、自分を売り出させるための道具に過ぎなかったのさ」

「すると、今の恋人は誰だ？」

「さあね。彼女は同時に何人も恋人を持っていたからな。他には谷と……」

「谷というと、彼女の隣に坐っていた男だな？」

「そうだ。少し前から、噂《うわさ》はあったよ」

「隣の席なら、首を締めるのも楽だな」

「それはそうだがね」

「他に誰かいないか？」

私はちょっとためらった。しかし、どうせ分かることだろう。

「石川肇という若い俳優がいる。これは、とてもいい青年だし、将来性もあるんだ。君の方でも、充分その辺を考えて扱ってほしいんだが……」

「分かってるとも。その男も小原朱実の？」

「ああ。どうも小原朱実は面白半分に石川を遊び相手にしていた様子がある。しかし彼の方は純情だ。すっかり彼女に参って、女神のように崇拝していたよ」

「自分が弄《もてあそ》ばれただけだったと知ったら、やはり逆上したろうな。しかもその若さなら」

私は黙っていた。

「――さて、これで、桑田、谷、石川と三人揃《そろ》ったな。他に心当たりはないか？」

「僕の知っている限りでは、あの試写室にいた者で、小原朱実と個人的に関りのある者はその三人だけだな」

「お前はどうだ？」

「僕は、あんな女の目には止まらない、ちっぽけな存在さ。もっとも——そうだな、今夜は彼女、大分僕に毒づいてたがね」

「ほう。どういう風に？」

私は、小原朱実が私の脚本をけなし、ついでに私の過去についてもいやがらせを言ったことを話した。

「なるほど、プライドの高いお前には、充分な殺害の動機になるな」

「たぶんね」

私は平然と答えた。加賀見は愉快《ゆかい》そうに私を眺めていたが、やがて口を開いた。

「上衣の前を開いてみてくれんか」

「え？」

私は思わず訊き返した。

「上衣のボタンを外して、開けてみてほしいんだ」

私は肩をすくめて言われた通りにして見せた。加賀見は黙って肯《うなず》いた。

「何のおまじないかね？」

「小原朱実は絞殺された。しかし、彼女の首をしめた紐は発見されなかった。——検死の結果、彼女の首に巻きついたのは、幅二センチほどのベルトのような物だと分かったんだ」

「なるほど」

私は、自分のベルトレスのスラックスを見降ろした。

「さて、ではその三人に話を聞くとするかな——ついでに、ちょっと上衣の前を開けてもらってね」

3

どういうつもりか、加賀見は私に、応接室とドア一つ隔てた部屋へ入って、話を聞いていてくれ、と言った。

「シナリオで警察の取り調べ場面を書く時には参考になるだろう。テレビを見てても、全くでたらめばかりなんで、うんざりしちまうんだよ」

加賀見はそう言ってニヤリとした。

まず桑田が呼ばれ、彼はプロデューサーとして、小原朱実について知っていることを話したが、彼自身、彼女の過去や生まれについてほとんど孤児同様の身の上だったらしいということしか知らなかった。

話が小原朱実との個人的な関係に移ると、桑田の口はとたんに重くなった。しかし、結局、渋々、ここ何か月かの愛人関係を認めさせられてしまった。

「ところで、桑田さん、このところ、彼女との間はあまりうまく行っていなかったんじゃありませんか？」

「い、いや、そんなことはありません」

桑田は慌てて言った。

「桑田さん。──隠し立てはしないことです。いずれわれわれの耳に、いろんな情報が集まって来て、総てが分かってしまうんですよ。今正直に話していただいた方が、あなたのためだと思いますがね……」

桑田はしばらく黙り込んでいた。

私は、汗っかきの彼が、ハンカチでひっきりなしに顔を拭っている様子がありありと想像できた。

「……分かりました。ええ、確かに彼女とえらい喧嘩《けんか》をやらかしました」

「いつのことです？」

「昨日です」

「原因は？」

「彼女が、石川肇という若い俳優と最近火遊びをしているもので、少しは慎めと言ったんですが……」

「彼女は何と言いました？」

しばらく返事はなかった。加賀見がくり返し訊くと、

「……私のことを、老人呼ばわりして……もう自分は大スターになったんだから、あんたなど必要ない、と……」

ぼそぼそと、絶え入りそうな声だった。

「彼女を殺しましたか？」

加賀見がぴしっと突っ込むと、

「いいや！　私じゃない！　私は殺しません！」

と必死の口調である。

「――ズボンを見せてもらえませんか？」

「え？」

「ベルトをしておいでですか？」

「いいえ。――ご覧の通り、吊《つ》りズボンで……。太っているものですから。しかしどうして――」

「結構です」

ズボン吊りのゴムの帯では、とても人を絞め殺《し》すことはできまい。――桑田の次に、谷監督が呼ばれ、まだショックからさめやらぬ様子で訊問《じんもん》に答えた。

小原朱実との関係については、この「炎の女」の撮影中に親しくなったと認めたが、別に喧嘩《けんか》などしていなかったと言った。

「――それに、彼女はもともと遊びのつもりでしたからね。こっちもそのつもりで付き合っていました。別れ話が出たからといって、言い争う気はありませんでしたよ」

「そうですか――。しかし、彼女の方は割合本気であなたにほれていたんじゃないですか?」

「なぜそう言えるんです?」

「なぜなら、彼女は財産の大部分をあなたに遺すという遺言状を、つい三日前に作っているからですよ」

「何ですって!」

谷は叫んだ。あいつもなかなかやるな、と私は思った。

「ニュースを聞いた弁護士から連絡して来ましてね。――ご存知でしたか?」

「い、いいえ、全く知りませんでした」

「もしご存知なら、絶好の動機になりますね」

「とんでもない！　私はやりません！　私じゃない！」

とわめき散らす。

「分かりましたよ。少し静かにして下さい。ところで、あなたは、ズボンにベルトをしておられますか？」

「何です？」

「ズボンですよ、ベルトはしていますか？」

「ああ――いや、ベルトレスですから――」

「なるほど。分かりました。お引き取り下さい。ただし、いつでも連絡できる所にいらして下さいよ」

三番目が石川肇だった。

「ええ、僕は確かに、あの女《ひと》を愛していました。みんな誤解してるんです！　あの人は素晴らしい女性です！　あの人は――」

「分かった、分かった。今日は彼女と一緒だったのかね？」

「ええ……。ＴＶスタジオで会ったって言ったけど、本当はホテルで会ってたんです。構わないから一緒に行こうって彼女は言ったんですが、僕はやっぱりまずいと思って、それで彼女が先に出たんです」

「しかし着いたのは君が先だった」

「ええ、そうらしいです」

「どうしてかね？」

「分かりません」

石川肇の返答は、まるで無邪気そのもので、加賀見も戸惑っている感じである。

「――君、ベルトをしてるか？」

「ベルト？　ズボンのですか？」

「当たり前だ」

「そりゃそうです」

「見せてくれ」

「はあ……」

「ほう。革のベルトで幅は約二センチか……。ちょっとそれを借りていいかね」

「ええ……。でも……」

「何か貸したくない訳でもあるのかね？」

「だって、ズボンが落っこっちゃうんです」

私は吹き出しそうになるのを懸命にこらえた。

「見ろ。どうやらあの若造があやしいな」

私が応接室へ入って行くと、加賀見が、細目のベルトをハンカチでつまんで見せた。

「これを鑑識で洗わせる。何も分かるはずがないと、たかをくってるんだろう、なに、必ず痕跡を発見してみせるさ」

「何か出るといいね。ところで、どうして腹を押さえてるんだい？」

「あいつにベルトを貸しちまったのさ。落っこちそうだから押さえてるんだ」

「警察官も辛いもんだな」

私は笑って言った。

帰路、私は小野邦子と一緒に、静まりかえった深夜の街路を歩いた。もう真夜中を過ぎているだろう。

小原朱実殺さる。――そのニュースは明日の朝刊を華々しく飾るだろう。私も、邦子も試写室のあるS映画社を出ようとして、記者に取り囲まれた……。

「先生」

何やら考え込んでいた邦子が顔を上げて、

「私って、タレント失格なのかしら」

「さっき、新聞社の人に囲まれたでしょう。みんな、私が『とても怖かった』とか『今にも気を失いそうでした』とか涙顔で言って見せれば喜んだんでしょうけど、私どうしても、そんなことできなかったの。だって人が一人死んだんでしょう。世間の注目を集めるチャンスだなんて、いくらスターになるためでも、思いたくなかったの。そりゃ、あの人はとてもいやな人だったけど……。でも死んだのは事実でしょ。そっとしておいてあげたかったの。だから、あんなに口をつぐんじゃって……」

「なぜだい？」

「君はそれで後悔してないんだろう？」

「ええ」

「なら、それでいいさ」

私は微笑みかけた。邦子はほっとしたように笑顔を返して、

「先生のアパートに行っていい？」

と訊《き》いた。

邦子が、妻と別れて一人暮らしの私のアパートへ初めてふらっとやって来たのは三か月ほど前のことだ。

男やもめのあまりの部屋の汚れように、見かねた邦子が大掃除をしてくれて、以後、

週に二度くらい、やって来ては、洗濯《せんたく》などもしてくれるようになった。

そしてある時、遅くなると、泊まって行くと言い出し、私は初めて邦子を抱いた。

彼女もごく素直に身を任せて来たが、彼女にとって利用価値のあるような売れっ子でない私と、スターでない彼女だけに、そこには余計な打算や思惑のない代わりに、どこか弱い者同士が身を寄せ合う、といったわびしさが漂っていた。

「――田舎のご両親は心配してないの？」

その度、床の中で私は訊いた。

「心配してるでしょうね。でも、仕方ないと思うの。親に心配かけないようにしようと思ったら、何もできないわ」

「それはそうだね」

「でも今度、初めてテレビ映画でセリフをしゃべるんだって教えたら大喜びしてくれて……。親っていいなあと思ったわ」

「大切にしろよ」

「ええ。……もう眠る？」

「何時だろう？　五時半か。夜が明けるよ」

「ね、もう一回、愛して」

「明るくなると外から見えるよ。カーテンの端が輪から外れて隙間《すきま》ができてるんだ」

「早く言えば直してあげたのに。――いいわ」

寝床から裸で飛び出すと、邦子はハンガーにかけた私の上衣を、カーテンの隙間に
なったところの上へかけた。

「さ、これで見えないわよ」

私は笑って、若々しい裸身を両腕の中へ迎えた。

――その時、ふっと脳裏に何かが閃《ひらめ》いて、私ははっと起き上がった。

「そうか！」

「どうしたの？」

邦子は目を丸くしている。

「出かけるんだ。服を着て！」

「今頃？」

「そうさ。ちょっと試してみたいことがある」

4

「一体何時だと思ってるんだ」

　加賀見警部はブツブツ言いながら試写室へ入って来た。

「そういうなよ。警官がどうしても僕らを入れてくれないもんだからね」

「当たり前だ。何をやらかそうっていうんだ？」

「ちょっとした実験さ。いいか、君はここの席に坐っててくれ」

「お前は？」

「映写室に行く。いいか、じっとしててくれよ」

　私は映写室へ入り、試写室の明かりを消して、白いスクリーンに、光だけを送った。そしてその光源を切った。試写室は真っ暗になった。

　一分たって、試写室に明かりがついた時、加賀見は、すぐ後の席に坐っている私を見て、思わず飛び上がった。

「おい！　どうやって入って来たんだ！」

「まるで気付かなかったかい？」

「光が全く洩れて来なかったぞ。どうなってるんだ？」

「こうなんだよ。来てくれ」

私は出口の方へ加賀見を連れて行った。

「いいか、試写室の扉は内側へ開くようになってる。そして出るとすぐ左側に、試写室の扉と直角に、映写室のドアがあって、これは外側へ開くようになっている。つまり、映写室のドアを一杯に開くと、ちょうど試写室の出口をふさいでしまう格好になるんだ。だから、映写室のドアを開けて、開いたドアと試写室の扉の間に入り込み、映写室のドアを一杯に開けたままにしておけば試写室の扉を少しぐらい開けても、気付かれるほどの光は入って来ないんだよ」

「なるほど。――おい、今、明かりをつけたのは誰なんだ」

映写室から邦子が出て来ると、加賀見は私に何か言いかけたが、思い直したのか、

「では、犯人は――」

「昭介じいさんだよ」

「あのじじいか！　しかし、奴は、作業ズボンみたいな物をはいてたが、ベルトはしめてなかったぜ」

「ベルトにこだわるからだめなのさ」

「じゃ、幅二センチばかりのベルトみたいな物が他にあるっていうのか？」

「二センチというから分からないんだ」

私は言った。「一六ミリならどうだ？」

加賀見はしばしポカンと口を開けて、

「フィルムか！」

「編集の時に不要になったフィルムが、いたる所に捨ててあるからね。いくらでも手に入れられたさ」

「しかし、あのじいさん、相当酔ってたんだろう？」

「殺した後で飲んだのさ。大急ぎでたて続けにね」

「なぜ、そんなことをしたんだ？」

「顔を赤くするためさ」

加賀見は狐につままれたような顔になった。

「あの時、じいさんは風邪で咳がひどくて、特に冷房の利いた試写室へ入ると咳込んでいた。しかし、暗がりの中へ飛び込み、小原朱実をしめ殺して映写室へ戻るまでの間、咳込む訳にはいかない。すぐばれてしまうからね。すると、その間、じっと呼吸を止めてこらえている他はない。それでは顔が真っ赤になってしまう。だが、死体はどうせすぐ見つかるから、誰かが映写室を覗《のぞ》き込むかもしれない。その時、真っ赤な顔をしていたのでは、怪しまれる怖れがある。そこで、それをごまかすため、映写室へ戻るなり、用意しておいた日本酒を一気に呑《の》みほしたんだ」

「――やれやれ。どうもお前の話はいつも本当らしく聞こえるよ。嘘《うそ》つきが商売の男なのにな」

加賀見はそう言って苦笑した。

昭介じいさんは素直に犯行を自供した。驚いたことに、小原朱実は昭介じいさんの娘だったのだ。昭介じいさんも、ずっとそのことは秘密にし、小原朱実の方も全く知らなかったのだが、最近になって、年をとったじいさんは、すっかりスターになった小原朱実に少し生活の面倒を見てもらおうと、彼女のもとへ行き、証明になる物を見せて父親だと名乗った。

ところが、小原朱実の方は、こんな薄汚れた男は父親ではないと、口汚なくののしり、追い帰した。

じいさんにとって、これははかり知れないショックだった。それに、彼女はスターになるや、周囲の人間を傷つけて何とも思わない人間になった。

じいさんは小原朱実がそんな風になったのを、自分の責任だと思いつめたらしい。

あの日、石川肇と別れて先にやって来た彼女に、今までのことを忘れて自分を許してくれと言った。

彼女はそれをはねつけ、そして試写室の中で、あの冷たい言葉を浴びせたのだった。

「しかし、考えてみれば彼女も可哀《かわい》そうだよ」

金曜日の夜、アパートで一緒に食事をしながら、私は邦子に言った。「自分をずっと放ったらかしにしていた父親が急に現われたからって、そう素直に受け入れられるもんじゃないだろう。あんな風に彼女が他人にとげとげしく振る舞っていたのは、そんな過去のせいもあったんだろうね」

「――気の毒ね、二人とも」

邦子が言った。

「まあね。しかしマスコミにとっては、小原朱実は、謎のまま死んだ美女さ」

「そうね。マスコミって怖いわ」

「もっと怖いのは、マスコミは何でもすぐに忘れてしまうことさ。それこそ『風と共に去りぬ』だ」

「私は大丈夫。憶えられてもいないもの。忘れられっこないわ」

私は笑った。そこへ電話が鳴った。

「はい、加納。――やあ桑田さんか。――小野邦子？　ああ、よく知ってる。――何だって？」

「つまりね、あの『炎の女』の出来上がりを見て、スポンサーが文句をつけて来たんだ。小原朱実の、あの謎めいた微笑が少なすぎるというんだよ。それで急いで谷君と検討してね、彼女のアップのフィルムを少し追加することにしたんだ。となると、どこかを切らなきゃならん。そこで、ストーリーに差し支えないところで、あの小野邦子が出てるシーンをカットすることにしたんだ」

「そんな勝手な話があるか！　僕は絶対に反対だぞ！」

「加納君、もうこれは決めたことなんだよ」

私は黙った。もう実際はカットも再編集も終わっているのだ。

「そこでね、君は彼女と親しいだろう。彼女にその辺を説明してやってほしいんだがね。その内、必ず埋め合わせるから。ギャラもちゃんと――」

私は受話器を置いた。

――物問いたげな邦子に、私は事情を説明した。

「そんな……。もう友だちにも明日の晩だって知らせてあるのに。今さら……」

邦子は両手に顔を埋めた。私は畳に坐り込んで、ぼんやりと身勝手なことを考えていた。彼女がいなくなると、またここは汚れ放題だな……。

邦子が顔を上げた。——驚いたことに、晴れやかに笑っている。

「まあいいわ！　どうせ大した役じゃなかったんだし！——その内、またきっとチャンスが来るわね」

「ああ、きっとね」

「ご飯のお代わりは？」

私は、ふと彼女こそが、スカーレット・オハラだな、と思った。踏みつけられても起き上がって来る、その逞《たくま》しさ。いつか、きっと彼女のために、彼女の「風と共に去りぬ」を書いてやろう。

気を取り直して、おかずの魚をつついた。

「この魚、なんだい？」

「タラよ」

私は思わず笑い出した。

「どうしたの？」

「『風と共に去りぬ』にぴったりじゃないか。主題曲は『タラのテーマ』だよ！」

消えたフィルム

1

「このコソ泥《どろ》！」

いきなり罵声《ばせい》を浴びせられて、私と小野邦子《おのくにこ》は、ただキョトンとしていた。

Nテレビ映画社の隣にある喫茶店。私と邦子がコーヒーを飲んでいるテーブルのわきに立っていたのは金森《かなもり》ユミであった。日本酒のCMで人気が出て、歌、ドラマ、映画と、以後はエスカレーターの如くスターの高みに昇りつつあるタレントだ。――断わっておくが、私はシナリオ作家として、金森ユミのような人種を「女優」とは呼ばない。「女性タレント」と言っている。

金森ユミは何やら大変な見幕だった。目のさめるような、というより、目をそむけたくなるような、趣味の悪い赤いスーツ、濃い化粧や派手なスタイルは芸能人の常だから、驚くにも当たらないが……。それにしても日頃の彼女の傍若無人ぶりには、眉《まゆ》をひそめる向きも少なくなかった。それでも人気は総てに優先するのである。

「何だね、一体？」

私は金森ユミを見上げて言った。「君にコソ泥呼ばわりされる覚えはないがね」

「あんたは黙ってて！」

彼女はますますヒステリックに声を荒らげた。「私、この女に言ってるのよ！」

「私？」

小野邦子が呆気《あっけ》に取られた様子で訊《き》き返した。

「そうよ、あんたよ！　フン、白ばくれたって、分かってんだよ！」

「私が何をしたっていうんですか？」

「フ、フィルムをどこへやったの！」

「フィルム？　フィルムって何です」

「この薄汚ない――」

「待ちたまえ！」

と私はたまりかねて割って入った。「金森さん、フィルムがどうしたんだね？　まずそれを説明してくれ」

「この女に訊きなよ！　あんたの女なんだろ！」

こういう女が興奮している時は手がつけられない。ちょうどそこへ、金森ユミのマネージャーが駆けつけて来た。松野《まつの》というやさ男だ。

「ちょうどよかった。松野さん、一体何の騒ぎなんだ？」

「いや、実は、加納《かのう》さんに書いてもらった『死せる恋人のバラード』なんだがね……」

「もうクランク・アップしたんだろう？」

「そうなんだ。ところがね、そのフィルムがなくなっちまったのさ」

「何だって？——フィルム全部が？」

「いや、まだこれから編集なんだが、肝心《かんじん》のシーンのフィルムがないんだよ」

「どのシーンだね？」

「ほら彼女が橋から流れへ飛び込むシーンがあるだろう」

「憶《おぼ》えてるよ」

「あのシーンがなくなっちまったんだ」

『死せる恋人のバラード』は、ＴＶの刑事物のシリーズ番組の一本として私が書いたシナリオである。シリーズ物のシナリオは、レギュラー出演者を全部一とおり出さねばならないし、ゲスト出演の役者には気を使うし、あまり気乗りのしない仕事だが、お世辞にも売れっ子とは言えない私のようなライターには、そんなえり好みをする余地はないのである。

金森ユミがゲストで出ることは分かっていたので、私は殺し屋に追いつめられた彼女が、橋から十メートルも下の流れへと身を躍らせるシーンを入れた。金森ユミは元水泳選手で、そのプロポーションも、毎日欠かさない水泳のたまもの、といつも宣伝していたからだ。

「しかし、なくなったっていうのは……」

「編集室から消えちまったのさ」

「編集室にあったのは確かなのか？」

「ああ、僕も彼女も、ちゃんとこの眼で見たんだ」

「そいつは大変だね。——しかし、それがどうして小野君が盗んだことになったんだね？」

「僕らが編集室にいた時、小野君も入って来たのさ。そして僕らが出る時もまだあそこに残っていた」

「それだけじゃ、盗んだことにはなるまい。それに、どうして彼女がそんなフィルムを盗む必要があるんだい？」

「ねたみよ！」

金森ユミはきめつけるような口調で言った。「売れない役者は人気スターにいやがらせをしたがるもんでしょ」

いつもはめったに怒るということのない邦子が、さすがに頬《ほお》を紅潮させて口を開きかけた。が、私は彼女を制して、

「金森さん、彼女はそんなことをする女ではない。君こそ、何の証拠もなしに、人を泥棒呼ばわりするのはやめたまえ！」

金森ユミはせせら笑って、

「私にそんな口がきけるの？　いいわよ。この女もあんたも、今度の番組から外してやるから！」

そう言い捨てると、松野を忠実な犬のごとくに従えて、行ってしまった。

「ひどい人！」

邦子は首を振って、「あんな人と仕事するなんて、こっちが願い下げだわ！」

あの女のことだ。本当に私たちを番組からおろしてしまうだろう、と私は思った。

現在録画撮りの準備に入っている二十六回連続の恋愛ドラマで、私も三本に一本、シナリオを担当することになっている。そして小野邦子にとっては、小さな役ではあるが、初めてのレギュラー出演なのだ。

邦子は十九歳。スター予備軍の一人だが、妙にすれていない、素直な娘である。妻と別れて一人暮らしの私のアパートへ、ときどき来ては掃除や洗濯《せんたく》をしてくれて、時には泊まって行く。何となくウマが合う、というのか、こんな売れないシナリオライターの私を、先生と呼んで頼って来る。

「――君、本当に編集室に行ったのかい?」

私は喫茶店を出て映画社の方へ戻りながら、邦子に訊いた。

「ええ」

「どうして?」

「だって、自分の出た場面をちょっと見てみたかったんですもの」

邦子はまじまじと私の顔を見て、「まさか先生まで……」

「違うよ!　何を言ってるんだ!」

私は邦子の肩を抱いた。「あんな女の言うことなんか気にするな」

「でも……私のせいで、先生まで仕事が……」

「心配するなよ、他に仕事がないわけじゃない」

実際のところ、仕事が目白押しってわけでもないのだが……。


「やあ」

編集室へ入って行くと、監督の東野《ひがしの》が苦り切った顔で私を見た。

「お前さんか。——参ったよ。お手上げだ」

「金森ユミが何か言ったのか」

「例の飛び込み場面がなくちゃ話にならないってカンカンなのさ」

「どこかにないのか、本当に？」

「ないんだよ。何度も捜したんだ」

「しかし、小野邦子はそんなことをする娘《こ》じゃないぜ」

「分かってるよ。俺だってそんな話、真に受けちゃいない」

「そう聞いてホッとしたよ」

「ただな、金森ユミの気持ちも分からんではないんだ」

東野はパイプをくわえたり、手に取ったりしながら、「あれは危険な撮影だった。スタントを使えと言ったんだが、彼女は自分でやると言い張ってね。——結局、僕とカメラマンが二人で山の中腹まで登って望遠で撮ったんだが……」

「もっと近くで撮ればよかったのに」

「気が散るというんだ。――水泳の高飛び込みと同じで、危険なだけに、近くに他の人間がいちゃ困る、と言ってね」

「難しいもんだな」

「しかし、みごとにやったよ。ラッシュを見た限りでは、画面もかなりシャープだったし、こいつはちょっと話題作りができると思ったんだが……」

「撮り直すってわけにはいかないのか？」

「おい、お前さんだって分かってるだろう、テレビのスケジュールの厳しさぐらいは」

「ああ。しかし、ほかに手があるか？」

「こうして坐ってりゃ、フィルムの方で同情して出て来てくれるんじゃないかと思ってるんだよ」

頼りない話だ。私は編集室を出た。廊下を歩いていると、呼び出しのアナウンスが自分の名を呼んでいるのに気付いて、足を止めた。

「加納裕二《ゆうじ》様、加納様、いらっしゃいましたら正面玄関まで……」

一体誰だろう？　タレントじゃあるまいし、そうマスコミに追っかけ回される立場でもないんだが、などと馬鹿げたことを呟《つぶや》きながら正面玄関へと急いだ。

思いもかけない顔が待っていた。

「やあ加納」

「君か！」

ずんぐりした胴体に丸い童顔、度の強いメガネの奥で小さな目が苦笑いしている。

「警視庁の鬼警部が僕に何の用だ？」

「ちょっと聞きたいことがあってな」

加賀見《かがみ》警部は表へ出ようと促した。私はさっきまでいた喫茶店へまた足を運ぶことになった。

2

加賀見は学生時代の親友で、今でこそ警視庁の知る人ぞ知る優秀な捜査官だが、学生の頃は映画狂で、愉快なことにシナリオライター志願だったのである。山田という本名がありながら、加賀見などと名乗っているのは、たぶん青年時代の夢の名残りではないかと私は察しているのだが……。

「一体何だね？」

私はコーヒーカップを置いて言った。

「テレビのシナリオで『死んだ恋人の歌』とかいうのを、お前、書いたか？」

「『死せる恋人のバラード』だよ」

「ふん、えらくもったいぶったタイトルだな」

「僕がつけたわけじゃない。それがどうしたんだ？」

「ロケには同行したのか？」

「いや、僕はめったにロケ現場へは出向かないよ。自分の作品がメッタ斬《ぎ》りされるのを見たくないもんだからね」

「ナイーヴだな」

「おい、僕をからかいに来たのなら――」

「分かった、分かった」

と私を押し止《とど》めて、「お前があの脚本を書いたと聞いて、何か知ってるかと思ったんだ」

「何があったんだ？」

「君が出て来るんだから、そうだろうが……。あのシナリオがどう関係してるんだ？」

「殺しさ」

「ロケ隊が奥多摩《おくたま》のH町へやって来て、三日間泊まって帰って行った。そして後に死体が一つ残った……」

「まさか」

私はまじまじと加賀見を見つめた。

「本当の話さ。被害者は地元の娘だ。ロケの最後の日、朝十時頃家を出たきり、帰って来なかった。近くを捜したらしいが、何しろ山の中だ。やっと発見されたのは三日後だった。川を下流へ少し辿《たど》ったあたりの岸辺の茂みの中に全裸で死んでいたんだ」

私は言葉もなかった。

「大きな石で頭を何度も殴《なぐ》られていた。服は川へ投げ捨てたらしく、全部じゃないが、流れの途中の岩や枯木に引っかかっているのが、いくつか見つかっている」

「しかし――なぜロケと関係があると思うんだ？」

「彼女が仲のいい娘に、『ロケ隊のお手伝いをしに行くのよ』とこっそり洩《も》らしていたんだ。ひどく嬉《うれ》しそうだったと言ってたよ」

私は首を振った。お手伝いか。――そんな言葉でだまされるような娘がまだいたとは、皮肉でなく、驚きだった。

「ロケ隊のメンバーは知ってるか?」

「大体のところはね」

「女に手の早そうな奴はいないか?」

私は苦笑して、

「君の考えてるほど、われわれはモテないんだぜ。映画の仕事をしてるって言うだけで、女の子たちが目の色変えてついて来るなんてのは、昔々の夢物語だ」

「しかし、その娘は本当に殺されたんだ」

と加賀見は厳しい表情で言った。

「分かってるとも。僕だって、できるだけの協力はするよ」

「ロケに参加した連中に会わせてくれないか」

「いいよ。しかし全員つかまるとは限らん。もう他の仕事にかかってる者もいるはずだしな」

「それは調べてくれればこっちで出向くよ」

「じゃ早速行ってみるか」

「どこへ？」

「監督の東野が今Nテレビ映画社にいる」

そう言って席を立ちながら、私はふと思った。消えたフィルム。殺人。——何か関連があるのだろうか。


「そりゃ驚いたな……」

東野はロビーのソファへ腰をおろして、言った。

「事件のことは全然ご存知なかった？」

「もちろんです！」

「被害者は川井菊子《かわいきくこ》というんですが、この娘に何か仕事を頼んだ記憶はありませんか？」

「さて……。地元の人には、通行人や店の客なんかの役で出てはもらいましたが、名前まではね……」

「通行人じゃ、あんまり嬉しがりそうもないね」

と私が口を挟《はさ》んだ。「ロケの最終日のことらしいんだよ」

「最終日？　それを早く言ってくれれば！」

東野はホッとしたように言った。

「どうしてです？」

「最終日には金森ユミの飛び込みのシーンだけしか撮らなかったんです。地元の人は全く使っていません」

「そうだったのか」

私は肯《うなず》いて、「すると、金森ユミ、あんた、それにカメラの――」

「大江《おおえ》君だ」

「その三人だけで撮影してたってわけだな」

「そうだ」

私は状況を簡単に加賀見へ説明してやった。

「――するとロケ隊の他の方々は、最終日は何をしておられたんです？」

「さあ、どうですかね。めいめい勝手にしてたはずです。別に仕事もなかったわけですから」

「そいつは厄介《やっかい》だな」

加賀見はため息をついた。

「しかし、本当にロケ隊の誰かが犯人なんですか？」

「決めてかかっているわけではありません。地元の方でも、その娘に恨みのあった者を調べています。しかし彼女が『ロケの手伝いに行く』と言って出かけたのは事実なんですから」

「分かりました。――ただ最終日だと全員はもういなかったですよ。出のない俳優なんかは前の晩に帰っちまったし」

結局、最終日まで残っていたのは、東野、カメラマンの大江、金森ユミに、マネージャーの松野、助監督の谷内《たにうち》、助手の高杉《たかすぎ》、Nテレビ映画の中村《なかむら》、という連中だった。

「――分かりました。いろいろどうも」

「いや。しかし、このフィルムはどうもツイてないな……」

東野の愚痴《ぐち》を、加賀見は聞き逃さなかった。

「すると他にも何かあったんですか？」

「え――ええ。まあ、大したことじゃありませんが」

「聞かせていただきたいですな」

東野は肩をすくめて、フィルムの消えた件を話して聞かせた。――東野が行って二人になると、加賀見は私をチラリと見て、

「おい、どうして黙ってたんだ？」

「何をだ？」

「とぼけるなよ！　フィルムの件さ。知っていたんだろう？」

「ああ」

「殺人のあった日のフィルムが消えた……。偶然かね、これは」

「僕は知らんよ」

「そのフィルムに何かが写っていたとしたら……」

「おいおい、ミステリーの読みすぎじゃないのか。そううまくはいかないよ」

私は軽い口調でそう言って、「それに、そのシーンには金森ユミ一人しか出てないんだぜ」

「うむ……。それはそうだが……しかし、それならなぜ盗まれたんだ？」

「盗まれたとも限らんさ。きっと他のフィルムの間に紛れ込んでるんだ。そのうち、出て来るよ」

そう言いながら、私も加賀見と同じことを考えていた。――カメラは山の中腹にあった。アングルとしては橋を斜めに見降ろす格好になる。ということは、下の川岸も写っているはずだ。そこにたまたま誰かが……。

「ええと、撮影は十一時から始まって十二時には終わってましたね」

カメラマンの大江はタバコをふかしながら言った。「だって金森ユミが飛び込みゃ終わりですからね。大して時間はかからなかったですよ」

「それからすぐに帰った？」

「ええ。すぐっていっても、カメラや器材を監督と二人でかついで山を降りたんですから、ちょっと手間取りましたがね」

「すると下へついたのは……」

「一時半ぐらいかなあ。はっきりしませんけど」

「誰かロケ隊の者で、欠けていたのは？」

「欠けてるどころか、一人もいませんでしたよ。全員が揃《そろ》ったのは三時頃かな」

「やれやれ」

加賀見はため息をついた。「お世話様」

「大江君」

私は迷ったあげく、訊いてみた。「君は最終日の分のフィルム紛失したの、知ってるかい？」

「ええ、監督から電話で聞きましたよ。せっかく苦労して撮ったのにね」

「ラッシュを見て、何か気付いたことはないかね」

「さあ……どういうことです?」

「金森ユミ以外の誰かが写ってるとか」

「さて、気が付きませんでしたね」

金森ユミのプロダクションへ向かう車の中で、加賀見は皮肉っぽく私を見て、

「お前も同じことを考えてたようだな」

「うん。しかし、どうも違っていたらしい」

「他の連中のうちの誰かだろう。甘い言葉で娘を連れ出し、乱暴しようとして抵抗され、つい石を手にして……」

「服を川へ投げ込んだ、か。そこがちょっと引っかかるな」

私は言った。「死体はどうせ見つかるんだ。それなのにどうして服だけ川へ捨てたんだろう?」

「知るもんか」

「川へ捨てるより、どこか山の中へ埋めれば見つからずに済むだろうに。川へ流したばかりに、いくつかは見つかっちまった」

「気が転倒してたのさ」

加賀見はあまり細かいことにはこだわらない男だった。

「僕じゃありませんよ！」

金森ユミのマネージャー、松野はむきになって言った。

「何もあんたがやったと言ってるわけじゃないんですよ」

加賀見が子供をなだめるような口調で言った。「ただ撮影の間、どこにいたのか、と伺ってるわけでね」

「待ってたんですよ、彼女を」

「彼女？」

「金森ユミですよ、むろん」

「ああ、なるほど」

「彼女が橋から飛び込む。それを少し下流の岸で見ていて、岸へ泳ぎついた彼女を引っ張り上げなきゃなりませんでしたからね」

「すると下流の岸にいたんですな？」

「でも橋のよく見える所ですから、それほど下流ってわけでもありません」

「ロケ隊の誰かを見かけませんでしたか？」

「いいえ。気が付きませんでした」

そう言って、松野は不安気に、「まさかこの事件で放映中止ってことにはならないでしょうね」

「まあ、それはないでしょう」

「しかし、松野さん」

と私は口を出した。「金森ユミはあのフィルムがなきゃいやだとゴネてるんじゃないのかい？」

「いや、ちょっと落ち着いたんでね。もう大丈夫。君の彼女に食ってかかって悪かったと言ってたよ」

3

「本心とは思えないわね」

邦子は肉の塊を口へ放り込んだ。二人で入るレストランも久しぶりだ。

「——それで、犯人は分かったの？」

「いや、さっぱりさ。他の連中もみんな単独行動でね。アリバイもないが証拠もない。

さすがの加賀見もお手上げらしい」

「でも可哀《かわい》そうな娘さんね。——私だって、一歩間違えばそんな目に会ってたかもしれないわ……。先生みたいないい人にめぐり会えたからよかったけど」

「いい人、か」

私は苦笑して、「いいレストランに月に一回しか連れて来られない〈先生〉じゃね」

「あら、私、パトロンなんてほしくもないわ。友達がほしいだけ」

「君と金森ユミを並べたら、誰だって君を取ると思うよ。それなのに金森ユミは大スターだ。総ては運次第さ」

「そう考えちゃ、わびしいわ。実力さえ養っていれば、きっとチャンスはあるって信じてるの、私。——殺された娘さんって、いくつだったの？」

「確か二十歳ぐらいだったと思うよ」

「ねえ、金森ユミと大して違わないのよ。一方は殺されて、一方はスター、まだ私の方が幸せよ。——あら、どうしたの？」

「ちょっと思いついたことがあるんだ……」

私はナイフとフォークを置くと、レジの公衆電話へ飛んで行った。

「本当にここなの？」

金森ユミは松野の方を向いてブツブツ言った。

「確かここで会いたいって……」

テレビ局のスタジオは、ガランとして、人の気配もなかった。

「変だなあ。ここでぜひインタビューを、ってことだったんだけど」

「聞き違いじゃないの？　私、疲れてんのよ。椅子ぐらいどこかにないのかしら」

「さあ……。見当たらないね」

「役に立たない人ね！　いいわ、あそこへ腰かける」

金森ユミはカメラを持ち上げるクレーンの先についた椅子へひょいと腰を降ろした。

「あと五分待って相手が来なかったら帰るわよ！」

「そんなこと言ったって……」

その時、クレーンが、金森ユミを乗せたまま突然上がりだした。

「ど、どうしたの、これ！　降ろして！　降ろしてよ！」

金森ユミが悲鳴を上げる。「やめて！　降ろして！　早く！——私——怖いのよ！

高い所はだめなの！　降ろして！」

私はクレーンをゆっくりと下げた。

金森ユミは真っ青になってガタガタ震えている。

「彼女は高所恐怖症なんだよ」

私は加賀見へ言った。「だから、あの飛び込みのシーンなんかできるはずがなかった。しかし水泳の名手というふれ込みなので、できないとも言えない。そこで地元の娘に代役をやらせた」

「代役だったのか！」

「ところが娘は飛び込んだ場所が悪かったのか、飛び込み方が悪かったのか、川底の石に頭を打ちつけて死んでしまったわけだ。そこで困った金森ユミは松野に娘を下流の方まで運ばせ、暴行されて殺されたように見せかけた。さらに頭を石で殴りつけて、殴り殺されたように見せたわけだ」

「しかし裸にしたのは……」

「決まってるじゃないか。娘は金森ユミの着るはずだった服を着ていたんだぜ。それを脱がせて金森ユミが着込み、一応川へ飛び込んで頭からずぶ濡《ぬ》れになって出て来たのさ。そして死んだ娘の下着は川へ流してしまう。死体が万一すぐに見つかった時、下着が濡れていたんじゃまずいからね。下流で見つかったのは、下着だけだったんだろう？」

「そうだ」

「ところが後になってみると、フィルムに写っているのが金森ユミでないことに誰かが気付くかもしれない、と心配になり始めた。ただ代役だったとばれただけなら、関係者に口止めすればすむが、人が死んだとなると隠してはおけない。そこで編集室からそのフィルムを盗み出した。そしてさも腹を立てているように、小野邦子へ食ってかかった、というわけさ」

「そういうことか」

加賀見は一つ息をついて、肯いた。「死体遺棄、証拠隠滅、いろいろと罪状はつけられるぞ」

空《から》だったはずのスタジオのあちこちから、刑事たちが現われて、放心したような松野と、青ざめた顔をこわばらせた金森ユミを連行して行った。

「あの娘が『ロケの手伝いをする』といって喜んでいたのも当然だね。金森ユミの代役をするんだから」

「そうね。……可哀そうに」

邦子は首を振った。「でもどうして気が付いたの?」

「君が言っただろう。死んだ娘も金森ユミも大して年齢は違わないって。そこでふっと思いついたのさ。もしあの飛び込んだのが金森ユミでなかったら、ってね。――そう考えると、金森ユミが気が散るといって誰も近くへ来させなかった理由も分かる。監督とカメラマンは山の中腹から望遠で撮っていたから、まさか別人だとは思わなかった。少しは似た娘だったんだろうね」

「変ね。ただ素直に『私、高い所は苦手だから、飛び込めないわ』って言えば、それですむのに」

「それがスターの虚像ってやつだな。もっとも僕がシナリオにあの場面を入れなければ、こんな事件は起きなかった……。そう思うと気が重いね」

「それはあなたのせいじゃないわ」

「そう言ってくれると嬉しいよ」

私は微笑んだ。

「でも、あれ、きっと放映中止ね」

「そうなるだろうね」

「残念だわ。せっかくセリフが五つもあったのに……」

「そうだね……」

「それに例の連続物もお流れでしょ？　あーあ、ツイてないなあ……」

そこへ電話が鳴った。

「はい、加納……」

私はじっと耳を傾けた。「よし、分かったよ」

「何なの？」

「例の連続物さ。主役を変更してやるんだそうだ」

「まあ！　それじゃ私も出られるのね！」

「お祝いに一杯やりに行くか」

「賛成！」

浮き浮きとしてアパートを出ながら、私は思った。

虚像《きょぞう》も実像もない。こんな時期が、女優にとって実はいちばん幸福な日々なのかもしれない、と……。

一日だけの殺し屋

1

「もしもし……」

電話からは、怯《おび》えたような低い声が伝わって来た。

「もしもし、高見《たかみ》警部補だ。誰だね？」

「あっしですよ」

「何だ、クズ鉄か。どうした？」

「えらい事になりそうなんで」

高見はなじみの情報屋の声に、ただならぬ気配を感じ取った。

「どうした？　何があった？」

「奴が来るんでさ」

「誰の事だ？」

「〈踊り屋〉ですよ」

「何だと？」

高見は受話器を握りしめた。「そいつは確かなのか？」

「ええ、今日の午後、羽田《はねだ》に――」

そこで突然、何かが激しくぶつかる音がした。そして高見の耳に、

「放せ！　やめてくれ！　やめて――」

と喚《わめ》く〈クズ鉄〉の声がかすかに届いた。

「おい！　鉄！　どうした？」

どこか、線路が近いのか、ゴーッと電車の音らしい響きが耳を聾《ろう》して伝わって来ると――電話が切れた。

高見警部補は沈んだ面持ちで受話器を戻した。通称〈クズ鉄〉と呼ばれていた情報屋は、高見とは十年近い付き合いだ。今頃は電車の車輪が彼を粉々にしているだろう。

「おい！　二、三人俺について来い！」

高見は気を取り直して部下へ声をかけた。

「羽田まで大至急ぶっ飛ばすんだ！」

今日の午後か。間に合えばいいが。

もう三時になろうとしていた。


「皆様、大変お疲れさまでございました。間もなく羽田空港へ到着いたします……」

機内のアナウンスに、市野庄介《いちのしょうすけ》は身内を快い緊張感が疾《はし》るのを感じた。東京！

――いよいよやって来たのだ。これからの一週間が勝負。果たして、M電子工業の大口注文を獲得できるかどうか。社の運命がそこへかかっている。つまりは庄介の双肩にかかっている、というわけなのだ。

市野庄介は三十四歳。福岡《ふくおか》市に本社を持つタイプライターのメーカー〈シスター工業社〉の営業課長である。この若さで営業課長といえば、異例の出世と思えるかもしれないが、理由は簡単。会社が中小企業なので、出世が早かったというだけの話。課長といっても部下は四人。その内一人は東京駐在なので、実質上は三人しかいないわけである。

庄介は見たところ三十歳前後といっておかしくない若々しい印象があった。なかなか二枚目であり、長身で、学生時代はテニスの選手だったが、今では他の社員と少しも変わらぬ、慢性の運動不足。会社が不景気のせいで、このところ、方々を駆け回っているので、多少運動になったかもしれない。しかし、運動不足でも会社が倒産するよりはいいわけで、実際の話、社長の永山道子《ながやまみちこ》に、

「あんたの電話次第で、シャンパンかロープか決まるんだからね」

と出がけにポンと肩を叩《たた》かれたのは、必ずしも冗談ではないのである。

庄介は膝《ひざ》の上のアタッシェケースをそっとさすってみた。――M電子工業のコンピュータ用のタイプライターを受注できれば、会社は救われる。その鍵が、このアタッシェケースと、庄介の胸の中にあるのだ……。

「焦《あせ》るなよ。……固くなるな。リラックスして」

庄介は、自分に言い聞かせた。経験上、性急な売り込みは必ず失敗する事を知っているからだ。気負ってはだめだ。ごく当たり前に、気楽にやるのだ。――そのために妻の貴子《たかこ》も同行する事にしたのである。もっとも貴子は一足早く、二日前に東京へ着いていている。大学が東京だったので、友人が多勢いるのだ。今日もその何人かと会っているはずで、羽田には来られない、と昨夜電話して来ていた。

「進藤《しんどう》は迎えに来てるだろうな……」

進藤とは、東京駐在の営業課員である。

機が静かに高度を下げ始めた。

「今度の飛行機に乗ってるはずだ」

と、背丈も胴回りも巨大な男が言った。

「間違いねえんでしょうね、兄貴」

隣に並んだ、やせこけた小男が言った。

「すぐにそれと分かりますか？」

「当たり前だ。俺はちゃんと顔を知ってるんだからな」

「でも、本当のところ、一度見た事がある、ってだけでやんしょ？」

「一度見たら忘れられねえ顔さ、あの顔は」

「ピンク・レディーを見た時も、兄貴そう言ったけど、いつもミーとケイを間違えてるじゃないすか」

「うるせえ！」

大男は怒鳴った。「下のロビーへ行って、サツの野郎がいないかどうか見て来い！」

「三分前に見て来たばかりですぜ」

「その間に来てるかもしれねえ。つべこべ言わずに行って来い！」

小男はため息をつきつき、階段のほうへ走って行った。

大男のほうは増井《ますい》という名だが、〈ドン〉というあだ名で呼ばれていた。首領《ドン》では なく、鈍重のドンである。小男のほうは〈切れ者〉と呼ばれている。頭が切れるので なく、少し走るとすぐ息が切れるからだ。
二、三分すると、切れ者はハアハア息を切らしながら戻って来た。
「大丈夫ですよ、兄貴！」

「よし。——もう飛行機が着くぞ。こっちの隅で目立たねえように見てるんだ」

その巨大さで目立たないようにというのは、ちょっと無理に思えるが、ともかく二人は到着ロビーの隅のほうへと身を寄せた。

庄介はロビーへ出て来ると、進藤の姿を探してキョロキョロと見回した。

「おかしいな……」

確かに昨日電話で連絡しておいたのだが。まあ、東京は交通事情が悪いらしい。少しぐらいは遅れて来るのも仕方ないかもしれない。しかし同じ社の人間だからいいが、これが顧客だったら相手を怒らせないとも限らないのだ。

「来たら言ってやらんといかんな」

と呟《つぶや》きながら、庄介は空《あ》いたベンチに腰をおろした……。

ドンは降りて来る客の顔を一つ一つせっせと目で追った。

「分かるんですか、兄貴？」

と切れ者が怪しむように訊《き》いた。

「うるせえ！」

ドンは不機嫌《ふきげん》そうに言った。「畜生！　どうしてこんなに余計な奴が多勢乗ってるんだ？」

そんな文句を言っても仕方ない。客の何人かは、凄《すご》い大男ににらみつけられて、ギヨッとしたように足を早めた。ドンは、出て来る客の姿もほとんど絶えて来ると、ロビーの中央へ出て行って、その辺に坐っている客や、人待ち顔に立っている客の顔をジロジロ検分し始めた。――ドンは少々焦っていた。実際のところ〈踊り屋〉の顔をそうそうはっきり憶《おぼ》えていたわけではないのだ。ただ、親分《ボス》の手前、そういう他はなかったのである。

もしこれで見付けられず、スゴスゴと帰って行ったら、ボスにどやしつけられるのは目に見えている。ドンは顔の汗を拭った。そしてふと、すぐ目の前に坐っている男へ目を落とした……。

庄介は急に目の前が暗くなったので、何事かと顔を上げた。見上げるような大男が目の前に立っている。ずっと目を上のほうへ向けると、何もかもひしゃげたような顔が、ニヤニヤしながらこっちを見ていた。庄介は何だか自分がキング・コングの生贄《いけにえ》になったような気がした。

「ここにいらしたんですか！」

吠《ほ》えるような声を出して、その怪物はいきなり、庄介の肩をドンと叩いた。庄介は危くアタッシェケースを取り落としそうになった。

「捜しましたよ！　さあ、車が待ってます。参りやしょう！」

庄介は目をパチクリさせた。

「あの……君は……僕の出迎えに？」

「ええ、そうですとも！」

「すると進藤君は？」

「へえ、本来なら自分でお迎えに上がるところだが、ちょっとどうしても外《はず》せねえ集まりがあるので、よろしくご案内して来るようにとの事で」

庄介は驚いた。進藤の奴、いつの間に東京駐在所に人を雇ったりしたのだろう？　課長の俺に断わりもなく。――道理で、このところ東京からの経費追加請求が多いと思った。一体今の会社の経営状態の悪化を分かっているのか。会ったら叱《しか》りつけてやらなきゃならん、と決心した。しかし、ともかくこの大男に文句を言っても始まるまい。

「分かった。案内してくれ」

と庄介は立ち上がった。大男が、愛想よく、

「ご記憶ねえでしょうが、あっしのほうは以前一度お見かけした事がありましてね」

「ああそう」

「増井といいます、ドン、と呼んで下せえ」

「ドン？」

「へい。そっちにいるチビは〈切れ者〉って呼んでやって下せえ」

庄介は、反対側をいつの間にか歩いている見すぼらしい感じの小男に初めて気が付いた。——二人？　二人も人を雇ってるのか！

庄介は完全に頭へ来た！　しかし、それでは済まなかった。駐車場へ着いて、大男のドンが、黒塗りのベンツのドアを開けた時には唖然《あぜん》として言葉もなかった。

「この切れ者は、見かけは頼りねえですが、運転の腕は確かでさ。安心して下せえ」

「このベンツは進藤君の——」

「へい。ご自分の車でさ」

庄介はもう口もきけなかった。進藤の奴め！　本社の車は中古のコロナだってのに、ベンツとは何事だ！　顔を見たら有無を言わさずパンチを食らわしてやる！

ベンツはいとも滑らかに動き出した。

〈踊り屋〉は、階段の上から、ロビーをゆっくりと見回した。今は便の切れ目なのだろう、あまり客の姿はない。注意深く、ベンチに坐っている客の一人一人へ目を向ける。張り込んだ刑事ではないと確信ができてから、ゆっくりロビーへと降りて行った。

彼は一つ早い便で着いていた。そしてロビーの上にある喫茶室で時間を潰《つぶ》していたのだ。あくまで慎重を期するためである。だが、心配はなかったようだ。警察らしい姿もないし、いつまでもロビーに留まっている客もなかった。——さて、迎えはどうしたのかな。

「顔を知っている者がいるから、迎えにやる」

新藤社長はそう言っていたが……。

「まあいい」

なまじ顔を知っている人間が迎えに来ては、却《かえ》ってまずい事もある。行くべき場所は心得ているのだから、一人で出向いてもいい。

〈踊り屋〉――本当の名前は、彼自身しか知らない。仕事の上では〈踊り屋〉で通したし、名前が必要な時は、その都度付けた。

その〈踊り屋〉というあだ名の由来は誰もはっきりとは知らない。その長身の引き締まった体つきと、敏捷《びんしょう》な身のこなしが、鍛え抜かれたバレー・ダンサーを思わせるからだとも、彼が死の使いであるところから、「死の舞踏」の連想があるのだとも言われる。

彼は一匹狼《おおかみ》の殺し屋だ。住居はどことも定まっていない。日本のあちこちにアパートやマンションを持っているらしかったが、誰もその場所を知らない。――ともかく、仕事を頼みたいと思う者が、ある極秘のルートで話をすると、二、三日して、彼のほうから連絡して来る。

警察でも〈踊り屋〉の存在は知っていたが、どんな男で、どんな顔なのか、身長、体重、体つき、何一つつかんではいなかったのである。

「こっちから出向くか……」

踊り屋はロビーをグルリと見回してから歩き出した。いささかいい加減な依頼主だな。今度の仕事は断わったほうがいいかもしれない。

エスカレーターで下へ降りると、彼はタクシー乗り場のほうへ歩き出そうとした。

「すみません！　遅くなって！」

声のほうへ振り向くと、三十歳ばかりの背広姿の青年が、息せき切って走って来る。

「いや、参りましたよ。山手線《やまのて》が事故で遅れちゃいましてね」

踊り屋は、どうもおかしい、と思った。どう見てもこいつは当たり前のサラリーマンにしか見えない。それに迎えに来るのに山手線というのも妙な話ではないか。

「君は……」

「あれっ、いやだなあ！」

とその青年は笑って、「進藤ですよ。課長、自分の部下を忘れちまったんですか？」

踊り屋は苦笑した。新藤《しんどう》、と聞いて、この若僧が依頼主かとびっくりしたが、それは偶然らしい。しかし部下が間違えるようでは、その課長とかいう男と、よほど似ているのだろう。

「それとも僕のほうが変わったのかな？」

進藤は勝手に考え込んで、「ここのとこ、心労でやせましたからねえ……」

どうも、単細胞な男らしい。

「ねえ、君――」

人違いだよ、と言いかけて、踊り屋はふと進藤の背後へ目をやった。バラバラと空

港の中へ駆け込んで来る男たちが見えた。一目で刑事と分かる。彼は進藤の肩をポンと叩いて、

「それじゃ、行こうか」

と言った。

「はあ。車で行きますか？　それともモノレールで……」

彼はニヤリとして、

「一度モノレールって奴に乗ってみたかったんだよ」

庄介が、やっと、どこかおかしいと思い始めたのは、ベンツから降りて、見上げると首の骨が痛くなるほどの超高層ビルの中へ案内されて行く時だった。

「この四十二階が事務所でやして」

とドンなる大男が言った。――おかしい。東京駐在所は、新橋《しんばし》の駅のすぐ近く、線路わきにあるはずだ。何しろ電車が通ると、電話の話が全然聞こえなくなるほどである。それがこんな超高層ビルに移転するとは信じられない。しかし、庄介としても、ここまで来てしまった以上、どうにも引っ込みがつかない。ともかく、ついて行く他はなさそうだ。

急行エレベーターで、四十二階はアッという間であった。広々としたホール、ツルツルに磨《みが》き上げられた床。庄介は本社の見すぼらしい事務所の事を考えて、ため息が出た。

「こちらへどうぞ」

大男の背中を見ながら歩いて行くと、やがて、何やら横文字で社名の入ったガラス扉から中へ招じ入れられた。

「どうぞどうぞ」

ドンが〈応接室〉と書かれたドアを開けて、庄介を中へ入れる。「今、社長を呼びますので、待っててておくんなさい」

「はあ……」

立派な応接室である。ソファは本革、テーブルのケースには、タバコと葉巻が入っている。シスター工業社の経済状態では、到底考えられない事だ。今となっては、庄介も、自分がとんでもない間違いをしでかした事に気付いていた。

しかし、一体どうしてこんなはめになってしまったのか？　もとはと言えば、あの馬鹿デカイ大男が声をかけて来たのが間違いなのだから、責任は相手にある。たぶん、聞いていた人相風体が自分によく似ていたのだろう。だが進藤といったのに……。

「あ」

応接室の中を見回して、庄介は思わず声を上げた。壁にかけられた初老の男の写真の下に〈初代社長・新藤兼一郎《けんいちろう》〉とあったのだ。

「新藤か！　これで間違えたんだ！」

と呟《つぶや》いた時、ドアが開いて、どこかで見たような顔の男が入って来た。五十歳前後、というところだろうが、よく陽焼《ひや》けした顔の艶《つや》は四十代前半で充分通用しそうだ。その代わり、髪はすでに半ば白くなりかかっている。いかにも高級な背広をスマートに着こなして、なかなかダンディな男である。

「よく来て下さった。私が社長の新藤兼治《けんじ》です」

そうか、見た顔だと思ったのは、壁の写真と似ているからだ。

「どうも……」

名乗るのも妙なものだ、と思い、庄介は軽く頭を下げるだけにした。

「まあ、お掛けなさい」

と新藤社長はソファへ寛《くつろ》いで、「――なるほど、さすがですな」

「何がですか？」

「いや、そうしていると全く一介のビジネスマンにしか見えない」

それじゃ一体何者だと思われているのか？

当惑した庄介は何とも言いようがなかった。新藤は庄介がわきに置いたアタッシェケースに目を止めて、

「その中身は何です？　お差し支えなければ伺いたいが」

「あ、これはその、タイプライターの――」

「タイプライター！」

新藤は目を丸くして、「これはこれは……。完全武装というわけですな。いや、さすがに大したものだ！」

タイプライターが隠語で機関銃を意味する事など知るはずもない庄介は、ただ戸惑うばかり。いい加減に事態をはっきりさせておかねば、と思って、口を開こうとすると、

「ま、余計な話をするのはお嫌《きら》いでしょうから、事務的に話を進める事にします」

と新藤が一人でしゃべり始めた。「あなたにお願いする仕事は簡単明瞭《めいりょう》。私の敵を消していただく事です。奴の名は安田友信《やすだとものぶ》。写真、経歴、私生活などこちらで調べられるだけの事は調べました。その結果がこれです」

新藤が一通の封筒を庄介の前に置いた。

「殺す方法は一切あなたにお任せします。ただ期日の点で問題がある。奴は一週間後にハワイへ発《た》ちます。そこで、私と奴と並んで勢力を三分している八木《やぎ》という男に会う事になっている。むろん表向きは静養ですがね。奴はその第三の男と手を結んで私を潰しにかかる気だ。その前に何とか奴を消していただきたい。奴のほうでも、当然護《まも》りは固めているはずですから、楽な仕事ではないと思いますが、そこをあなたの腕で何とかしていただきたいのです。費用については――」

新藤は内ポケットから分厚い封筒を取り出して、「ここに取りあえず百万あります。これは準備のためにお使い下さい。不足の場合は言っていただけば、すぐお届けします。礼金の点はむろん考えています。一週間という期限を切った事を考えに入れて……二千万ではいかがですか？」

庄介は何とも言わなかった。言えなかったのである。新藤はその沈黙を、不服の意味だと取ったらしい。

「では、二千五百万」

沈黙。

「三千万。これはいい値だと思いますがね」

沈黙。

「では四千万」

庄介は肯《うなず》いた。これ以上金額が上がって行くのが恐ろしかったのである。新藤はホッと息をついた。

「結構！　半金は明日、部屋のほうへ届けさせます。残りは仕事が済んだ後に。では、これでもう直接お目にはかかりますまい。以後は電話だけで連絡します。ああ、それから、あなたがおいでになった事は相手も承知しているし、サツにも知られている公算が大きい。ご自分で歩き回られるのは何かと危険でしょう。あなたを羽田からお連れしたドンと切れ者の二人をつけます。どんな事でも言いつけて下さい。ドンは頭のほうは頼りないが、体力は用心棒五、六人に匹敵します。切れ者は車の運転にかけては、ちょっと並ぶ者のない腕の持ち主ですよ。――では、よろしく」

新藤が立つと、庄介も反射的に立ち上がった。サラリーマンの習性である。

「ああ、どうぞそのまま。今、ドンを迎えによこします」

と言って新藤は出て行った。

庄介は、しばらく気抜けしたようにソファに坐り込んでいた。――これが映画のワン・シーンに紛れ込んだのなら、どんなにか救われるだろう。

「何てこった！」

思わず頭をかかえる。——殺人。四千万。……まるで自分に縁のなかったものが、二つながらいきなり目の前へ並べられたのだ。夢ではないかと頰《ほ》っぺたをつねったり、自分で足を踏んでみたりしたが、どうやっても目は覚めなかった。

それにしても、とんでもない奴に間違えられたものだ。どうやらその自分とよく似た男はプロの、それもかなり凄腕《すごうで》の殺し屋らしい。一体ここは何の会社なのだろう？　そしてなぜ殺すほどにいがみ合っているのか？

少し落ち着いて来た庄介は、会社の入口の横文字の社名を思い出して、なるほどと思った。きっと表向きは貿易会社で、陰で何かの密輸をやっているのに違いない。その勢力争いなのだろう。——しかし、そんな事が分かっても、これからどうすればいいかは一向に分からない。

その時、ある事に思い当たって、庄介は真っ青になった。つまり、自分が間違えられた、本物の殺し屋が、あの飛行機で来る事になっていたのだ。それが何かの理由で次の便にでも変更したのだろう。しかしいずれにせよ、その本物もここへ来るか、羽田から「迎えが来ていない」と連絡して来るに違いない。そうなると、人違いであった事が早晩判ってしまう。——すると、自分はどうなる？　と庄介は考えた。

「とんだ人違いで。失礼しました」

と菓子折の一つも持たせて帰してくれる……はずはない！

何しろその安田とかいう男を、人を雇って殺させようとしているのを知ってしまったのだ。黙って出て行かせるはずはない。庄介は、足をコンクリート漬けにされて、海へ放り込まれる姿を思い浮かべた（「アンタッチャブル」のファンだったのだ）。

「逃げ出すんだ！」

アタッシェケースを引っつかみ、立ち上がって素早くドアを開ける――と、目の前に、ドンの巨体が立ちはだかっていた。

「お待たせしました」

ドンが愛想よく言った。「参りましょう」


遅かったんだな、と高見警部補は思った。もう〈踊り屋〉の奴は空港から出てしまったのに違いない。――高見の勘がそう言っていた。

もともと、年齢も顔も、何も分かっていない人間を捕えようというのだから、無理だ。少しでも様子の怪しい人間を片っ端から不審尋問したので、空港当局から苦情を言われてしまった……。

高見は部下を二人だけ残して引き揚げる事にした。明らかに挙動の不審な者以外は手を出すなと言い含めておく。つまりは、一応念のために残しておくというだけだ。踊り屋ほどの殺し屋が、見るからに怪しげだったり、刑事を見て逃げ出したりするはずがない。

警視庁へ戻る途中、パトカーの無線電話が高見を呼び出した。

「高見だ。——何？——そうか。誰か行ったか？——それならいい」

通話を終えると、高見は外へ目を向けた。〈クズ鉄〉が、地下鉄で死んだ。電車の前へ突き落とされたのだ。殺人事件として捜査しても、おそらく犯人は挙《あ》がるまい。密告者の死には、その友人も冷淡だからだ……。

高見は、そっと手を合わせた。

2

「このホテルです」

踊り屋は見上げて顔をしかめた。

「ひどい所だな」

進藤は心外、といった顔で、

「これでも一応ちゃんとしたホテルなんですよ。うちの経費で落とすとなるとこの辺が限度です」

踊り屋は肩をすくめた。まあいい。早いとこいつをまいてしまえばそれでいいのだから。

「課長、荷物はないんですか？」

「これだけだ」

と黒のアタッシェケースをちょっと持ち上げて見せる。

「へえ、さすが旅慣れてるんですねえ！」

二人はビジネス・ホテルのフロントへと歩いて行った。進藤が、

「七一四号の市野だけど……」

と言うと、フロントに坐っている老人が無愛想にキーを渡した。

「さあ、行きましょう」

と進藤は言った。「奥さんはお出かけのようですね」

女房持ちか。踊り屋はニヤリとした。俺がどんな女と結婚しているのか見てみたいもんだな。

「じゃ、僕はこれで」

七一四号室へ入ると、進藤が言った。「もう四時ですからね。明日九時にこの下へ来ますから」

「分かった。ご苦労さん」

「じゃ、失礼します」

何とも律儀な男だ。そのくせそそっかしい。

「やれやれ」

踊り屋はツインのベッドの一つに腰を降ろした。少し間を置いてここを出よう。それで終わりだ。——ふと、俺の本物はどうしたのかな、と思った。空港でウロウロしているのかもしれない。

思いついて電話をかける。

「——新藤社長を」

「新藤です」

「こちらは踊り屋だが……」

「やあ、先ほどは失礼しました」

先ほどは？ 踊り屋は一瞬呆気《あっけ》に取られた。

「ドンの奴、何か失礼はありませんかな？ さっきも申しあげた通り、何かご用があったら何なりと申しつけて下さい。ところで何か？」

「い、いや、いいんだ。――万事巧く行っている」

そう言って、踊り屋は慌てて受話器を置いた。「――驚いたな、全く！」

人違いもいいところだ。迎えの奴が例の〈課長〉を俺と思って引っ張って行ったのに違いない。そして話の様子では結構ばれもせずにやっているようじゃないか。

踊り屋は思わず大声で笑い出してしまった。

「――こいつあ、傑作だ！」

「何笑ってるのよ」

急に女の声がして、驚いて入口のほうを見ると、両手に一杯紙袋をかかえた女が立っている。「ちょっと手伝ってちょうだいな」

「ああ」

踊り屋は立って行って紙袋をいくつか受け取った。女は彼の顔を見て、

「あら、髪型を少し変えたのね。なかなかいいじゃないの」

「そうかね」

「声、どうしたの？　ちょっとしゃがれてるわ」

「う、うん。少し風邪気味でね……」

「いやね、気を付けてよ。これから一週間、大変なんでしょう?」

女はベッドの上へ残りの紙袋をドサッと投げ出すと、「ああ、疲れた!」

とベッドに横になった。

踊り屋は頭をかいて立っていた。普段なら猛烈に頭が回転するところだが、いくら殺しのプロでも、こんなはめになったのは初めてだ。——それにしても、そんなによく似た男が世の中にいるものなのか。いや、確率的にあり得ない事ではないにしても、こうして、直面してみると面喰《めんく》らわずにはいられない。

「あーあ」

女は大きく伸びをしながら起き上がると、

「汗かいちゃった。ちょっとシャワーを浴びて来るわ」

「うん」

彼は、名も知らぬ女房がワンピースを脱いでスリップ姿で浴室へ入って行くのを眺めていた。——出て行くなら今の内だ。アタッシェケースを持って、さっさとホテルを出てしまえばそれきりである。新藤社長の所へ行けば彼が本物である事は簡単に立証できよう。そうなると偽物のほうは……あの女の亭主、〈課長〉殿はどうなる?

——さっきの新藤の話の様子では、仕事の内容はもう話してしまっているようだ。そうなれば片付ける他はないだろう。気の毒だが、不運と諦《あきら》めてもらう事になる……。

踊り屋は一旦アタッシェケースを手に取ってドアのほうへ行きかけた。浴室からシャワーの音が洩《も》れ聞こえて来る。ドアのノブにかけた手が止まった。——そのまま、一分近くもじっとしていただろうか。部屋の中へ戻って来ると、彼はアタッシェケースをベッドの上に置いて、四桁の数字を合わせてロックを外した。これだけでは蓋《ふた》が開かない。把手《とって》の裏側に隠れているバネを押して、初めて開けられる特別製だ。

ケースを開き、上に載せた雑誌をどけると、ビロードのケースにぴったりと納まった、黒光りする拳銃《けんじゅう》、取り付け用銃床、交換式の長い銃身、消音装置など一式が冷たい姿を現わした。——踊り屋の商売道具である。

きっと俺と瓜《うり》二つの課長も、こんなアタッシェケースを持っていただろう、と思った。しかし、中身は銃でもナイフでもない、ただの書類だけだ……。

踊り屋はしばらく、自分の冷酷な相棒を見つめていたが、やがて一つ息をついて蓋を閉じた。それからアタッシェケースをテーブルの下へ置いて、上衣を脱ぎ、ハンガーへかけ、ネクタイを外した。

浴室から、女が出て来た。濡《ぬ》れた髪をタオルで巻いて、ほてった体にバスタオルを巻きつけている。

「ああ、いい気持ちだった。あなたもザッと浴びて来たら？」

彼女はまだ三十前であろう、小柄でやや太り気味の肉付きのいい女だった。丸顔でややあどけなさの残る表情。

「あら、気が付かなかったけど、その背広、この間月賦で買ったのね？　もう仕上がったの、よかったわね。出張に間に合わない、ってがっかりしてたじゃないの」

彼女はベッドにちょこんと腰をかけて、髪をタオルで拭い始めた。「――大学時代の友達と何年ぶりかで会ったけど、みんな話といえば子供が幼稚園に行っただの、ご主人が係長になった、課長になったって話ばっかり。あなたはもう課長だから、その点はともかく、子供がないから何となく話がずれちゃって……。私たちもそろそろ作らない？　もちろん今、会社が危ないってのはよく分かってるわ。だからそれを乗り越えてから……」

彼は、窓のほうへ歩いて行った。カーテンを閉めた。部屋が薄暗くなる。

「どうしたの？――見えないわよ、ここにいれば」

と女が微笑《ほほえ》む。ベッドのほうへつかつかと進んで行き、彼の腕がやおら女を抱きしめた。

「何してるの！　やめてよ、こんな時間に……」

と慌てて身をふり放そうとするが、たちまちベッドの上へ押し倒されてしまう。

「ねえ……そんなに急がなくたって……何も子供を作ろう、って言ったから、って……ねえ……」

唇《くちびる》を唇が塞《ふさ》いで、抗議の言葉を封じられ、体に巻きついていたバスタオルがハラリと床へ落ちると、もう女のほうも逆らわなかった。


「ここです」

ドンがドアの鍵を開けて、「どうぞ中へ」

と傍《かたわ》らへ退いた。

庄介は、部屋の中へ足を踏み入れた。マンションの最上階、十一階の一室である。当座の憂鬱《ゆううつ》な気分はともかく、庄介はその広さ、造りや装飾の豪華さにため息をついた。俺のアパートの何倍あるのだろう?

「ここは誰のマンションなんだい?」

と庄介は訊《き》いた。少しは口がきけるようになっていたのである。

「社長のこれでさ」

とドンが小指を立てて見せる。

「ここにいるのかい？」

「いえ、ただ今ヨーロッパ旅行中でして。社長がここを空けさせるために行かせたんですよ。まだ半月は帰って来ません。ゆっくり使って下せえ」

「ありがとう」

なるほど、女の住居らしい香りが漂っている。

「ここの管理人や何かには、留守番を頼まれたと言ってあるんで、別に厄介《やっかい》な事はありません」

「そうかい」

庄介は上の空だった。ともかく一刻も早く逃げ出さなくては。別人とバレたら命はないのだ！

「ご苦労さん。もういいよ」

と庄介は言った。

「そうですか。何かご用がありゃ――」

「今のところ、何もない。行動開始は明日からにしよう。今日はゆっくり休んで、仕事に備えたい」

庄介は、極力その道のプロらしく聞こえるように、気取ったしゃべり方をした。

「分かりました」

ドンはニヤつくと、「じゃ、ご用の時はいつでも呼んで下さい」と広々としたリビングルームから、玄関に近い部屋のドアを開けて入って行こうとする。

「おい！」

庄介は慌てて言った。「君もここにいるのか？」

「ええ」

ドンは当たり前、といった顔で、「身辺から離れるなと命令されてまして」

「俺は一人でいないと神経の休まらない性質《たち》なんだ！　帰ってくれて大丈夫だよ！」

「でも……」

「平気だと言ってるだろう！」

庄介は不機嫌そうに、「明朝迎えに来てくれ。それでいい」

「分かりました」

気の進まない様子で、ドンは玄関のほうへ歩いて行く。庄介はアタッシェケースを手に、ドンのほうへはわざと目もくれず、寝室と覚しき部屋へ入って行った。

庄介は部屋の入口で、ギョッと立ちすくんだ。――女が、猟銃を構えて立っている。

その銃口は真っ直ぐ庄介を狙《ねら》っていた。

「せっかくシャワー浴びたのに……」

「ん？」

「また汗をかいちゃったわ」

「悪かったかな？」

「風邪引いてるのに、こんな事していいの？」

「汗を出すと風邪が治る」

「じゃ、私は風邪薬の代わり？」

と女は笑いながら言って、彼の裸の胸にキスした。「——しばらく見ない内に少し筋肉がついたんじゃない？」

「鍛えたのさ」

「素敵よ。男らしくて」

どうやらご亭主は忙し過ぎて、とんとこのほうはご無沙汰《ぶさた》だったようだ。踊り屋も、久々に女を抱いたという気がした。まあ、この女にはちょっと気の毒だが、それでも彼女のほうも貪《むさぼ》るように彼の愛撫《あいぶ》を受け容れたのは、長い間放ったらかされていた不満を解消していたのだろうから、本人が相手を本物の亭主だと信じている限りはそう罪にもなるまい。これで夫婦円満になりゃ、善行を施したとも言えるわけだ、と踊り屋は虫のいい事を考えた。

「しかし、このホテルは感心しないな」

「あら、そう?」

「ムードも何もありゃしねえ」

「それは無理よ」

と彼女は笑って、「値段が値段ですもの!」

「ホテルを移ろう」

「ええ?」

と目を丸くする。「どこへ?」

「ニューオータニかヒルトンか。ともかくもう少しましな所へ」

「だって……お金、どうするのよ?」

「それぐらいは何とかするさ」

「本当? 嬉《うれ》しいわ!」

抱きついて来る彼女の上になって、彼はもう一度愛撫を始めた。

「今日のあなた、別人みたいよ」

彼女は息を弾ませながら言った。

「何だ、そうだったの……」

真砂子《まさこ》というその女は受話器を置くと、庄介とドンのほうを向いて、「分かったわ、あの人がちゃんと説明してくれたから」

と猟銃の銃口を下げた。庄介はやっと生き返った思いがした。この事件の顚末《てんまつ》がどうなろうと、銃を突きつけられるのが体によくないという点だけは肌《はだ》で勉強したわけである。

「だからそう言ったでやんしょうが」

ドンは不服顔だ。

「だってえ……」

真砂子はすねた顔になって、「あの人ったら、いかにも私の事、邪魔だっていうようにヨーロッパに行かせてやるって言うんですもの。てっきり他に女ができたんだと思って……。帰ってみたら、ここに他の女が住みついてる、なんてごめんだと思ったから、旅行やめてここで待ち構えてたのよ」

「僕が女に見えたんですか！」

庄介もさすがに腹が立って、そう言ってやった。

「そうじゃないけど――」

と真砂子はちょっとためらってから、「あの人、ホモっ気があったのかと……」

そこへ電話が鳴った。

「ちょっと失礼。――はい。あ、あなた？――ええ、ちょっと待ってね」

真砂子はドンのほうへ、「あなたよ。社長さんから」

「はあ」

ドンは受話器を取った。「はい。――申し訳ねえです。――はい。分かりました。それじゃこれからすぐに……」

「何ですって？」

と真砂子が訊くと、

「事前にこの部屋をチェックしなかったのがミスだと叱《しか》られやした」

「まあ、ごめんなさいね」

「ホテルへ泊まっていただくように、とのこってして……」

ドンは庄介に言った。「すみませんが、また車に乗っていただけませんか」

「あ、ああ、いいよ」

庄介は肯《うなず》いた。猟銃かかえた女性と同じ部屋にいるのは、どうにもいい気分ではない。まだこの大男のほうがましだ。それにホテルなら、逃げ出すチャンスも大いにありそうである。

「じゃ、行こうか」

と自分から立ち上がった。

「ちょっといい男ねえ、あんた」

真砂子は玄関の所まで見送って行って、

「ここに泊まってればいいのに」

「え、遠慮します！」

庄介は慌ててドンの後について歩き出した。

——マンションの前に、近くの駐車場に停めてあったベンツが横づけになる。庄介とドンが乗り込むと、切れ者が振り向いて、

「ずいぶん急な引っ越しですね」

と笑いながら言った。

「うるせえ！　早く出せ！」

「出せ、ったってね、行き先を訊かなきゃ」

「Pホテルだ！」

「へい」

ベンツが静かにスタートした。そろそろマンションの周囲にも暮色が立ちこめている。ベンツが三、四十メートル進んだ時、後ろで激しい爆発音が聞こえた。

「何だ！」

と思わず腰を浮かしかける庄介を、

「危ないですよ、今出ちゃ！」

とドンが抑えた。次の瞬間、ガラスの破片や何かが降って来て、ベンツの車体にも当たって、バラバラと音をたてた。

「ガス爆発か何かかな？」

と庄介は言った。

破片の音がしなくなってから、ドンと庄介はドアを開けて、マンションを見上げた。

「あれっ！」

ドンが思わず声を上げた。「やられたのは社長の部屋だ！」

最上階の部屋の一つから、黒煙が吹き出している。三人は唖然《あぜん》としてその様子を見ていた。

「一体何事が……」

と庄介が言いかけると、ドンが、吐き捨てるように、

「連中の仕業だ！」

と言った。「安田んとこの奴が爆弾を仕掛けたのに違いありませんや」

「爆弾？　じゃ……あそこにいたら今頃は……」

「こっちも吹っ飛ばされてやしたよ。全く、汚い事をしやがる！」

庄介は車へ戻ってシートへドサッと身を沈めた。やっと恐怖が足下から這《は》い上って来て、ゾクゾクッと身震いする。

「畜生、どうしてかぎつけやがったのかなあ？」

ドンは首をひねった。「ま、いいや。命拾いしたんだ。おい、切れ者、車を出せ」

「へい」

「おい、社長へ知らせなくていいのか？」

と庄介が言った。「恋人だったんだろ」

「なあに、もう飽きてたみたいですからね、ちょうどサバサバするんじゃねえですか」

「……そんなもんかね」

　庄介は呟くように言った。

　電話が鳴った。――まだ熱くほてった裸身を寄せ合っていた踊り屋は、ちょっと舌打ちしてから受話器を取った。

「はい。――ああ」

「誰から？」

と女――まだ名前も知らない――が訊く。

「進藤って奴だ」

　受話器から、進藤の張り切った声が飛び出して来た。

「課長ですか？　チャンスです！　ラッキーですよ！」

「野球の試合でも見てるのか？」

「違いますよ。M電子工業の河野《こうの》部長へ、課長が来たことを知らせて明日面会のアポイントメントを取ろうと思ったんです」

「アポ――？」

「約束ですよ」

「だったら約束と言え。それで？」

「はい、そうしたら今夜一緒に食事でも、って事になったんです」

「ふーん」

「あちらもご夫婦でみえるそうですから、課長も奥様とご一緒にどうぞ。Ｐホテルのロビーで七時にお待ちしてます」

進藤は返事も待たずに電話を切ってしまった。やれやれ、勤め人てのは忙しいもんだな、と踊り屋は苦笑した。

「ねえ、どうしたの？」

「うん？　ホテルが決まった。Ｐホテルだ。さ、仕度しようぜ」

踊り屋は、いささかこの役を楽しんでいた。殺しの仕事はいくらもあるが、こんな経験はしたくたってできやしない。どうやらあちらの課長殿も、まだ殺し屋の役を何とか演じているらしい。こっちも一つやれるところまでやってやろうじゃないか。

一緒にシャワーを浴びながら、踊り屋は、自分の妻の体を眺めた。正直に言って、この女と別れるのがちょっと惜しい気持ちであった。慣れぬビジネスマンの役を続けてみようか、と思ったのもそのせいかもしれない……。

「目撃者の話では、〈クズ鉄〉を突き落としたのは、ちょっとやせ型の、左の頰《ほお》に傷のある男だったそうです」

部下の言葉に、高見警部補は思わず目を見張った。

「それは〈サソリ〉じゃないか！」

「ええ、間違いないと思います」

「目撃者ってのは？」

「売店のおばさんですよ。たまたまホームへ降りて来てて、現場を見たってわけで……」

「そいつは旨《うま》いぞ！　すぐ保護しろ！」

「それが……」

と刑事は頭をかいた。

「どうした？　まさか、そのおばさんまで事故にあったってんじゃあるまいな？」

「そうじゃないんですが」

とため息をつく。「駅の事務所で話を聞いてる時に、そのおばさんへ電話が一本かかりましてね」

「誰から？」

「分かりません。ともかく、それに出たら、おばさんの態度がコロッと変わっちまったんです。何も知らない、何も見てない、思い違いだった。——どう説得してもその一点張りです。お手上げですよ」

「脅されたな、畜生！」

高見はデスクをドンと叩いた。

「サソリの奴を引っ張りますか？」

「むだだ。どうせアリバイを証言する奴が五人は揃《そろ》ってるさ」

「そうですね」

高見は椅子《いす》の中で体を伸ばして、

「クズ鉄は可哀《かわい》そうな事をした……。奴の女房はどうした？」

「地元署で保護していますが」

「そうか。できるだけの事はしてやりたい。——警視へ頼んでみよう。本庁へ連れて来てくれ」

「分かりました」

「サソリが出て来たとなると、踊り屋を雇ったのは——」

「新藤って事になりますね」

「狙われるのは安田か八木って事になる」

「ですが、新藤の奴も、サソリみたいな殺し屋をかかえてるくせに、どうしてよそ者を雇ったりするんでしょうね？」

「そこが俺も気になってるんだ」

高見は考え込みながら、「踊り屋を使えば、どう安くみても二千万はかかる。――もしかすると、払う気はないのかもしれんな」

「というと？」

「仕事が終わったところで消す気かもしれん」

「踊り屋をですか？　ちょいと冒険ですね」

「しかし、新藤は計算高い奴だ。それぐらいはやりかねんぞ」

「それじゃ、どういう手を打ちます？」

「ウム……」

高見はため息をついた。「連中がどこか絶海の孤島へ行って勝手に殺し合ってくれりゃこっちも放っとくんだがな。――町中でドンパチやられて通行人でもやられた日にはこっちのクビが飛ぶよ」

「八木と安田を張りますか」

「そうだな。踊り屋を現行犯で逮捕できれば大手柄だ」

「どんな奴なんでしょうねえ」

「さあ……。きっと、ごく当たり前に見える男だろう」

高見は何気なく言った。

3

「こちらへご記入下さい」

フロントの男がカードとボールペンを出した。踊り屋はちょっと咳《せき》払いして、

「君、書いてくれよ」

「はい」

妻がカードを書く手元を覗き込んで、〈市野庄介、貴子〉と読むと、踊り屋はホッとした。これでやっと名前が分かった！

ボーイに案内されて市野夫妻がエレベーターのほうへ行ってしまうと、フロントの男はカードの名前をタイプへ打ち始めた。

「おい！」

いきなり大声を出されて飛び上がりそうになりながら、

「は、はい！」

目の前の大男を見上げる。「あの……ご用は？」

「部屋だ。決まってるだろ！」

「ご予約は？」

「増井、ってんだ」

ドンの本名である。「電話してあんだろ」

「は、はい。承《うけたまわ》っております」

フロントの男はメモを出して、「増井様、ツイン・ルームでございますね」

「そうだ。とっとと案内しろ」

「あの、こちらのカードへお名前を……」

「そっちで書いとけ！」

「しかしお二人でいらっしゃるのでしょう？」

「増井と……」

ドンはぐっと詰まった。まさか姓名〈踊り屋〉、職業、殺し屋と書くわけにもいかない。

人は？」

「増井様と……」

仕方なく自分でカードへ書き込みながら、フロントの男が顔を上げて、「もうお一人は？」

「うん……。俺の弟だ。同じ増井だ」

「わかりました。で、お仕事とご住所……」

フロントの男は言いかけて、大男の後ろに立っている、アタッシェケースを持った男を見て目を丸くした。つい今しがた、夫婦でやって来た男ではないか！

「おい、何をぐずぐずしてる！」

とドンは苛々《いらいら》と言った。「早く部屋へ案内しねえのか！」

「は、はい」

しかし、そこは一流ホテルのフロントだけあって、そっくりではあるものの、服も違えば髪型も違っているのに気付いた。これはきっと双児の兄弟か何かに違いない。

どうもこの馬鹿デカイ男は兄弟に見えないが、全然似ていない兄弟というのも、たまにはあるものだ。それなら……。

フロントの男は気を利かせて、ドンたちのために最初取っておいた部屋を取り消し、さっきの夫婦の隣の部屋が空いているのを見て、そのキーを出した。

「こちらです。ただいまご案内を……」

大男とその弟がエレベーターのほうへ歩いて行くのを見送ってから、フロントの男は傍らにいた新入社員へ、今の事情を説明した。

「いいか、こういうきめ細かいサービスが、一流ホテルの身上なんだ。よく憶《おぼ》えておくんだぞ」

庄介は部屋のソファに腰を降ろして、さて一体どうすれば巧く逃げられるかと考えていた。何しろドンがそばにピッタリくっついて離れようとしないのだ。――しかし、いくら何でもトイレぐらいには立つだろうから、その隙《すき》に逃げればいい。ここを出てしまえば捜しようがあるまい。

ドンは新藤へ電話を入れていた。

「え？――そいつは凄《すご》いチャンスですね！　分かりました！」

庄介は何だか嫌《いや》な予感がした。ドンは受話器を置くと、嬉しそうに言った。

「運がいいですぜ！」

「何事だい？」

「例の安田の野郎が、今夜このホテルのパーティに来るんだそうです」

「このホテル？」

「へえ。奴が会長をしている海運業者の集まりがあるそうですよ。そこでスピーチをするとか。こいつは絶好のチャンスですよ」

庄介は、ひきつったような笑いを浮かべた。

「そ、そうだな……」

「あっしにもお手伝いさせて下せえ！」

「い、いや……こういう仕事は一人のほうがいい」

「そうですか」

ドンはちょっとがっかりした様子で、「まあ、ベテランがそうおっしゃるんだから……。でもその腕前をぜひ拝見したいですねえ」

「殺しは見世物じゃない」

と庄介はわざと渋い声で言ってみせた。座頭市のセリフに似たようなのがあったな。

──しかし、正に絶体絶命だ。何としてでも逃げ出さなくては……。

踊り屋は、ウンザリしていた。

食事は悪くなかった。レストランの雰囲気《ふんいき》も、なかなか落ち着いていて、物静かであった。隣の席には、妻の貴子がいた。──しかし、同席の客が悪すぎた。

M電子工業の河野という部長は、彼の最も嫌うタイプだった。ズルズルと音をたててスープをすすり、ナイフやフォークをやたら皿へガチガチぶつける。皿を食おうとでもしているみたいだ。しかも歯に何か挟《はさ》まったといっては口の中へ指をつっこみ、凄《すさ》まじい音をたてたてて鼻をかむ。

チビなのを気にしているのか、やたらそっくり返ろうとして、今にも椅子からずり落ちそうだった。半分はげた頭がギラギラと脂ぎって、しかも——これが一番気に入らなかったのだが——好色そうな目で貴子をジロジロと眺め回しているのだ。

夫人のほうも、これといい勝負だった。ワインの代わりにウイスキーの水割りをガブガブ飲んで、目の縁《ふち》を赤くしている。やせて、鳥のガラみたいで、そのくせ化粧が濃いので薄気味悪い。童話に出てくる魔法使いの婆《ばあ》さんを少し若くしたら、こんな感じになるだろう。しかも妙にしなを作ったりするので、寒気がするようだった。踊り屋のほうへ、何やら意味ありげな流し目を送っている。

話のほうは、もっぱら進藤が一人で引き受けていた。話題は世界の経済情勢から突然風俗の店の話になると思うと、宇宙のブラックホールの知識からスペース・インベーダーへ落ち込むという具合。

踊り屋はつくづく感心した。いや、皮肉でなく感心したのである。これだけひっきりなしに、しゃべり続けるエネルギー、しかも相手はろくに聞いてもいない。時々、「うん……」とか、「まあね……」と呟くだけなのだ。そういう奴へ、お世辞やお追従《ついしょう》を交えながらしゃべり続けるのは仕事とはいえ楽ではあるまい。

踊り屋はつくづく、自由業でよかったと思った。俺にはとてもサラリーマンは勤《つと》まらない。

「で、今度のタイプライターの件、どうぞよろしくお願いいたします」

食事の最後に進藤が言うと、河野は、

「ウム……。考えておくよ」

と気のない様子で言った。

「では、今夜のところはこれで……」

踊り屋は驚いた。肝心《かんじん》の話はこれだけなのか。殺しの相談などは必要最小限の話しかしない。交渉は回り道も何もなく、ズバリと要求を出し、向こうもはっきり答える。折り合いがつけば承知するし、つかなければそれで終わりだ。両方とも二度と顔を合わせる事はあるまいし、たとえ出会っても、互いに未知の人間として振る舞うのが決まりである。

きっとビジネスの世界もそんなものだろう、と踊り屋は漠然《ばくぜん》と考えていたのだ。製品を売り込むのだから、性能だの価格だのの点で交渉し、歩み寄って話を決めるのだろう。そう思っていたのだが、進藤のほうもそんな事はまるで言わないし、相手も訊きもしない。

分からんな……。踊り屋は首を振った。

食事を終わって、進藤は河野夫妻を送ってホテルを出て行った。

「あなた、ずいぶん今日は無口だったわね」

と貴子が言った。

「相手が気に食わない」

「そんな事言って……。会社の運命がかかってるんでしょ?」

「そんな事より、バーで飲み直そう」

踊り屋は、もう一人の自分が、そんなにおしゃべりなのかと思うと、ちょっと不愉快になった。

ほの暗い照明のバーへ入って行くと、二人はカウンターの一番奥に坐った。これは踊り屋の習性だ。少し暗い席で、入って来る客の顔が見える場所。保身上、必要な習慣である。

「ちょっと化粧室に行ってくるわ」

貴子が席を立って行くと、踊り屋は水割りのグラスを傾けた。――バーへ、黒いスーツの男が入って来た。

その男は、ノッポで、やせて、左の頬に傷跡があった。あれはナイフか何かの傷に違いない。まともな奴でないのは、すぐに分かった。隙のない身のこなし、身辺に漂わせている凶悪な雰囲気。どうやら同業者らしい。

なぜここへ来たのだろう？　俺が目当てではなさそうだが、と思ってから、踊り屋はニヤリとした。それはそうだ。今の俺は市野庄介なんだからな……。


庄介はそっと廊下へ出てドアを閉じた。もう八時半になっている。例の安田とかいう男の出席しているパーティは八時からだから、そろそろ出かけよう、という事になり、ドンは急いでトイレへ行った。庄介はその隙に逃げ出す事にしたのである。姿が見えないのを知れば、すぐに追いかけて来るだろう。庄介はエレベーターへと廊下を走った。巧い具合に、ちょうど昇って来たエレベーターをつかまえて、

「一階」

乗り込んで、エレベーターボーイへ言うと、ホッと息をつく。これで逃げられる

ぞ！　エレベーターは八階から下がって、六階で一旦停まった。フロントの男が乗り込んで来て、庄介に会釈した。庄介はちょっと肯いて見せただけだった。

フロントの男は、これはどっちの客だったろう、と頭をひねった。夫婦連れのほうだったか、大男との兄弟だったか……。

一階に着いて、エレベーターを降りた庄介へ、フロントの男は、

「奥様はお部屋がお気に召しましたか？」

と訊いた。

「え？……ああ……ええ、まあ……」

とっさの事で何やら分からず、庄介は曖昧《あいまい》に肯いた。

「それはどうも。何かご用がございましたら、いつでもお申し付け下さい」

「どうも……」

フロントの男が行ってしまうと、庄介はホテルの出口のほうへと歩き出した。──何だ、あいつは？　何を言ってるんだ？　奥様は、だって？　馬鹿馬鹿しい！　あのドンがどうして奥様に見えるんだ。

庄介は、はたと足を止めた。恐ろしい想像が脳裏を駆け巡った。

「まさか……貴子が……」

そんな事があり得るだろうか？　自分が間違えられた殺し屋が、貴子と一緒にここへ泊まっているなどという事が……。

しかし、考えてみれば、今まで人違いが分からずにいるというのは、妙な話である。その殺し屋のほうも、何かの事情で連絡が取れないのではないだろうか。――進藤の奴なら、空港で庄介とその男を取り違える事も考えられないではない。さっきのホテルの人間も間違えたほどだ。よほど似ているのだろう。進藤は半年以上、自分と会っていないのだから、少しぐらい背や様子が変わっていても、こんなものだったか、ぐらいに思うのではないだろうか。

だが、たとえ進藤が分からずとも、貴子は――貴子は分からないはずはない！

そうなると、貴子はその男に脅されているのかもしれない。ちょうどいいカモフラージュだ、と貴子を利用しているのでは……。庄介は、自分に似た男が冷酷な笑みを浮かべて――どんな顔になるか、どうしても想像がつかなかったが――貴子へナイフを突きつけている図を思い描いて青くなった。

急いでエレベーターのほうへと戻ったが、さっきの男の姿はとっくに見えない。

「そうだ！」

電話！　電話しよう。進藤の奴のアパートの番号を手帳にメモしてあるはずだ。

――冷静に考えれば、その男は〈市野庄介〉の名でここに泊まっているはずなのだから、フロントでルームナンバーを訊けばいいのだが、頭へ血が上っているので、一つ思いつけば他の事には頭が回らないのである。

庄介はロビーの奥へ奥へと廊下を入って、やっと公衆電話を見付けた。手帳で番号を見て、震える手で十円玉を入れ、ダイヤルを回す。

「もしもし！」

と勢い込んで言うと、

「おかけになった電話番号は、現在使用されておりません。……」

「失礼しました」

庄介は謝って受話器を戻した。かけ違いか、それともメモが間違っているのか。

「畜生！」

と呟いて、ふと振り向いた庄介は、ギクリとした。黒いスーツの人相の悪い男が二人、じっと庄介を見ている。

「な、何かご用で……」

「俺たちは安田社長のガードマンなんだがね……」

男の一人が言った。「さっきから、どうも様子が妙だと思って、ついて来たのさ」

「ぼ、僕はただ……電話を……」

「社長の名を聞いて青くなったぜ」

ともう一人が言った。

「ちょ、ちょっと急ぐんでね、失礼」

庄介は二人の横をすり抜けて行こうとした。二人が素早く立ちはだかる。庄介は顔から血の気がひくのが分かった。ここはかなり奥まった場所で、人の目につかない。大声を出す手はあるが、肝心の声が出ない！

「待ってくれよ……僕は……」

「やっぱり妙だぜ」

「ちょっと痛めつけとくか」

二人が近付いて来る。庄介は足がすくんで動けなかった。その時、突然、ドンの巨体がその二人の後ろへ現われたと思うと、二人の男の襟首《えりくび》を両手に一人ずつつかんで、グイと引っ張った。二人が仲良くひっくり返る。

「ここは任せて下せえ！」

ドンはそう言うと、起き上がった二人をまるでゴム人形みたいにつまみ上げて、エイッとかけ声もろとも、壁に向かって投げつけた。

いやというほど壁へ叩きつけられた二人は、「うっ！」と呻《うめ》いて、そのまま床へのびてしまった。

「ざまあ見やがれ」

ドンはニヤニヤして、「安田んとこの用心棒でさ。こんなのに守ってもらってたんじゃ命がいくつあっても足らねえや」

庄介は胸を撫《な》でおろした。しかし、

「さ、行きましょうぜ。そろそろ奴のスピーチだそうです」

とドンに言われてため息をつく。どうしたって助からないよ、全く！


「やあ課長、ここにいらしたんですか」

進藤がバーへ入って来て、踊り屋を捜し当てて近寄って来た。

「ご苦労だったな。一杯やれよ」

とちょっと上役らしいところを見せる。

「奥さんは？」

「トイレへ行ってる」

「そうですか。ちょうどよかった」

「何がだ？」

「実はですね……」

進藤が言いにくそうに、「一旦ホテルの外へ出たんですが、あの夫婦、また戻って来てるんですよ」

「何だと？　酒でも付き合えってのか？」

「そんな事だといいんですが……」

「何だ、はっきりいえよ」

「はあ。実は……うちの社へ注文を出してもいいっていうんです」

「フン。『ただし』が付くんだろう」

「そうなんです」

「金か？」

「いえ……」

「じゃ、何だ？」

「つまりですね……あのご夫婦、妙な趣味がありましてね」

「妙な？」

「スワッピングに凝《こ》ってんですよ」

「スワッピング？——夫婦交換ってやつか？」

「ええ」

「呆《あき》れたな、あの年齢《とし》で！」

「全くです。……それで、あの部長さん、すっかり課長の奥さんを気に入ったようで……」

「——おい！」

「部長の夫人は課長にご執心なんですよ」

「冗談じゃないぜ、あんな化物！」

「でも、あの注文を取れるかどうかは、あの部長の一存にかかってんですよ。そして我がシスター・タイプライターの命運は——」

「おい、今は現代だぞ！　時代劇じゃないんだ！　悪代官が百姓の女房に目をつけて、『わしのものになれば年貢を許してやる』なんて、時代遅れもいいとこだ！」

「でも水戸黄門《みとこうもん》はいませんからねえ……」

「ふざけるな、これはビジネスだぞ！」

「でも僕だって、以前、ホモの営業部長に抱きつかれた事がありますよ」

踊り屋は呆れて物も言えなかった。ビジネスとは何て野蛮な代物なんだ！

「どうします、課長?」

「どうもこうもあるか！　俺は断わる！」

別に会社が潰れても関係ないので気楽である。進藤は困り切った様子で、

「じゃ、そう言って来ます。念のために社長に電話してみましょうか?」

「勝手にしろ」

進藤がそそくさとバーを出て行くと、貴子が戻って来て、

「今の人、進藤さんじゃない。どうしたの?」

「おやすみを言いに来たのさ」

踊り屋はそう言って、貴子を頭から足の先まで眺め回した。——妙なもので、別に本当の女房でもないのだから、この女が誰に抱かれようと関係ないわけだが、それでも何やら自分でもよく理由の分からない憤りを感じたのである。

「こんなホテルに泊まるのなんて新婚旅行以来ね」

と貴子が言った。「夢みたいだわ。お金、大丈夫なの?」

「心配するなよ」

踊り屋は微笑んだ。考えてみれば女に微笑みかけるなんて久しぶりの事だ。彼にとって、女とは行きずりの商売女でしかない。女を愛した事も、愛された事もない。殺

した事はあるが……。

「ああ、少し酔ったわ」

貴子は額へ手を当てた。「でも、せっかく素敵な夜なのに、眠っちゃもったいないし……」

「後で起こしてやるよ」

「そう？　じゃ、部屋へ行ってるわ」

「分かった」

「本当に起こしてよ」

「起きなかったら水をかけてやる」

貴子はちょっと笑って、キーを手にバーを出て行った。入れ違いに進藤が戻って来る。

「奥さん、どうなさったんで？」

「ちょっと酔ったから部屋で休むとさ」

「そうですか」

「社長へ電話したのか？」

「ええ」

「何と言ってた？」

「そんなのはとんでもない話だ、とどやされましたよ。商売と色の道は別だ、と」

「当然だ」

「河野ご夫婦にも説明してお引き取り願いました」

「そうか。じゃ、君も一杯やれ」

「はい！　お付き合いします」

そこへ、バーの入口から、ボーイが呼んだ。

「進藤様！　いらっしゃいますか？」

「あれっ、何だろう？　すみません、ちょっと行って来ます」

しかし踊り屋の目は別の男を見ていた。

〈進藤〉と呼ばれて、一瞬ハッと腰を浮かしかけた男がいるのだ。――その男は、さっきの頬に傷のある男のいたテーブルに坐っている。さっきの男はいつしか姿を消していた。

踊り屋は今度の依頼主が新藤という名である事を憶えていた。新藤、進藤……偶然ではあるだろうが……。まさかここにその新藤が……。

「さて、今日は帰るか」

高見警部補は大きく伸びをして、自分のデスクを離れかけたが、そこへ電話が鳴って、ため息をつきつき戻って来た。

「やれやれ。本日はもう閉店だよ」

とブツブツ言いながら受話器を上げて、

「はい、高見。——何だ飯倉《いいくら》か」

部下の刑事である。

「今、Pホテルへ来ているんですが」

「安田を追ってたんだな」

「そうです」

「それで何かあったのか?」

「何か、というほどじゃないんですが、どうも気になりまして……」

「何がだ?」

「実は今、海運業者のパーティがありまして、安田はそれに出席しているんです」

「奴は船会社を持ってる。不思議はないだろう」

「それはそうなんです。ところが、隣の部屋で——といっても大広間ですが、そこで建築業者の集まりがありましてね」

「ふーん、よく集まるんだな」

「そこに八木が出てるんです」

「八木が？」

高見はちょっと眉《まゆ》を寄せた。「確かに、奴は建設会社の大株主だ。しかし二人が並んでるのは、ちと気になるな」

「そうなんです。それでお電話したんですが……」

高見はしばらく考え込んでいたが、

「——よし。もう一人そっちへやろう。それまでは大変だろうが、両方へ目を配ってくれ」

「分かりました」

高見は受話器を置くと、残っている刑事たちのほうへ声をかけようとしたが、すかさず割り込むように、また電話が鳴った。

「はい、高見」

「東山《ひがしやま》です。新藤を追ってます」

「ご苦労。今、どこだ？」

「Pホテルです。奴は今バーに——」

「どこだって？」

高見は大声で遮《さえぎ》った。「Pホテル？」

「そうです。あの……どうかしましたか？」

「いいか、目を離すな！　今、俺もそっちへ行く！」

受話器を置くと、大声で怒鳴った。

「おい、出かけるぞ！」

三人がPホテルで顔を合わせた。こいつは何かなきゃ嘘《うそ》だ！　高見は張り切って部屋を飛び出した。疲れや眠気はどこかへ消し飛んでいた。

4

「どうします？」

ドンが困った顔で言った。「どこもかしこも、安田んとこの用心棒で一杯で、近付く事もできませんね」

「うん」

「困りましたなあ……」

庄介は、困るのはこっちだ、と言いたかった。ここまで来ては、もう逃げるわけにもいかないではないか。

「ま、いいですわ」

とドンは楽しげに、「そこはプロの方にお任せしましょ」

庄介は義理堅い男である。子供の頃、元やくざという祖父に育てられたせいか、借りた恩は返さにゃならぬという信念を持っていた。

このドンという男、もともとはこいつの人違いのおかげでこんな事に巻き込まれてしまったのだが、それはともかく、さっき、この男に助けられたのは事実である。ドンがいなかったら今頃は肋骨《ろっこつ》の二、三本も折られていたに違いない。

それにこのドンは、なかなか、人間的には愛すべきところを持っている。庄介を殺し屋と信じて、無条件に信頼しているところは、何となく憎めないのである。

しかし、そうはいっても……庄介は営業のプロ、セールスのプロではあるが、殺しのほうはとんと分からない。武器も持っていないし、あっても使い方を知らない。だが、少なくとも何か努力してみても悪い事はあるまい、と思った。ドンの期待に応えたいという気持ちが、妙な高揚感となって、庄介に自信を持たせたのである。

「よし！」

庄介はキッと顔を上げた。「やるぞ！」

ドンの顔がパッと輝いた。

「やりますか！　どうやって？」

それが分かりゃ苦労はない。しかし、そうは言えないので、

「部屋へ行ってアタッシェケースを持って来てくれ」

「はい！」

喜び勇んで、キーを受け取ると、ドンは駆け出して行った。

「さて……」

失敗するにしても、ドンの見ていない所でやりたかった。幻滅を味わわせては可哀そうだ。それにしてもどうやるか……。

ともかく、何か騒ぎを起こせばいいのだ。そうすれば、殺そうとして運悪く失敗した、と言える。騒ぎを起こすためには……。

庄介は、ふとある手を思いついて、ホテルのロビーの一隅のショッピングコーナーへと急いだ。——貴子の事も気にならぬではない。しかし、男一匹、義理を果たさにゃならぬ！　突然浪花節《なにわ》風に庄介は呟いた。

ドンは八階へ上がって、部屋へ急いだ。巨体なので息は切れるが、すれ違う客が慌てて壁にへばり付くほどの迫力に溢《あふ》れている。

やっと部屋へ着いて、ガチャガチャとドアを開けていると、急に隣のドアが開いて、妙なのが出て来た。いや別に宇宙人ではないのだが、ちょっと年齢を食った男と女が、眠っているらしい若い女の頭のほうと足のほうをかついで、ヨイショヨイショと出て来たのだ。

見ていると、もう一つ隣のドアを開けて、その中へ入って行く。

「何だ、ありゃあ?」

と首をひねったが、はっと気付いて、「アタッシェケースだ!」

と部屋の中へ駆け込んだ。テーブルの上にあったアタッシェケースを引っつかむと、急いでまた廊下へ飛び出す。

「もう部屋へ行くよ、俺は」

と踊り屋はカウンターを離れた。

「そ、そうですか」

「明朝は九時だったかな」

「ええ。いえ、もう、そんなに急がなくても……」

「そうか。じゃ、ゆっくり寝かせてもらうよ」

「どうぞ。昼頃お電話しますから」

「分かった……」

と伸びをして、「ご苦労だったな。ここの払いは俺がする」

「い、いえ、そんな……」

「心配するな。会社は苦しいんだろう」

「はあ……」

えらく元気のない奴だ。飲むとこうなる性質《たち》なのかな、と踊り屋は思った。

「じゃ、失礼します」

「ああ、明日会おう」

エレベーターのほうへ歩きながら、苦笑する。「明日会おう」か……。殺し屋稼業《かぎょう》にはそんなセリフはない。一つ仕事が終われば、すぐに身を隠さねばならないのだ。

サラリーマンか。……何だか、自分が本当に課長になったような気がした。

八階でエレベーターを降りて、部屋の前まで来ると、ドアをノックする。キーは貴子が持っていたから、ぐっすり眠り込んでいて、ノックで目を覚まさなかったら、廊下の電話で呼ばなければならない。

少し待つと、ガチャリと音がして、ノブが回り、ドアが少し開いた。

「よく目が覚めたね」

と言いながら、中へ入る。部屋は真っ暗だった。

「明かりを点《つ》けるよ」

と言ってスイッチを押す。部屋に光が満ちた。――踊り屋は愕然《がくぜん》として立ちすくんだ。目の前に警官が並んでいても、こうは驚かないだろう。

ベッドに肌も露《あら》わなネグリジェ姿で横たわっているのは、河野夫人だった。

「お待ちしてたわ」

夫人はゾッとするようなしわがれ声で言った。

「ここで何をしてる？　妻はどこだ？」

と踊り屋は厳しい口調で詰問した。

「そう興奮しないで」

夫人はニヤリと笑って、「スワッピングっていうのはね、欧米では文化人たちの遊びなのよ。夫婦間のマンネリを防いで、新しい快楽を教えてくれるわ。あなた方だって一度経験してみれば――」

「そんな事はいい！　妻はどこだ！」

「そう慌てないで……」

夫人はネグリジェを脱ぐと、見るに堪えない裸身をさらして「今頃は主人の腕の中で天国にも昇る思い……」

「何だと？」

「主人の腕は、そりゃ一流なんだから。心配ないわよ」

「部屋はどこだ？　どこへ連れて行った？」

と夫人の腕をつかむ。夫人は顔をしかめて、

「痛いじゃないの……。諦《あきら》めなさいよ、社長命令なんだから」

「……何だって？」

「ちゃんとおたくの社長さんも了解してくれてるわ。会社の存立がかかってる時ですもの、社員の妻もその程度の協力は惜しむべきではない、ってね」

踊り屋の手刀が空を切って、河野夫人の喉を打った。

「ゲッ！」

と呻いて夫人はバタッとベッドへ倒れた。

「しまった！」

はっとして夫人の上にかがみ込む。怒りに任せて打ってしまったが……。

「大丈夫、気絶しているだけだ」

ほっと息をつく。無意識の内に手の力を抜いていたのだろう。そうでなければ死んでいる。しかし、まずい事には変わりはない。これでは当分目を覚ますまい。貴子がどこへ連れて行かれたのか訊きようがない。

おそらくこのホテルのどこかには違いあるまい。部屋は進藤が借りたのだろう。踊り屋は電話でフロントを呼んだ。

「進藤さんの部屋は何号室か調べてくれないか。急いでくれ！……そうか。つい一時間くらいの間に借りたと思うんだが……」

だめだ。偽名で借りている。こうなると調べようがない。――進藤の奴！　道理で、妙な顔をしていたはずだ。気がとがめたのだろう。

ふと、まだ進藤が下でウロウロしているかもしれない、という気がした。踊り屋は部屋を飛び出して行った。

よほど俺は殺し屋に見えないらしい、と庄介は思った。当たり前の事かもしれないが、用心棒たちも、ビジネススーツに身を包んだ庄介を別に止めようともしない。何だか拍子抜けがした。

庄介も学生時代は、結構学生運動に加わってデモだのストだのやっていたのだが、サラリーマンになって数年たったある日、機動隊が学生たちとにらみ合っている所へ行きあわせた事があった。——身分は変わっても、まだ学生気分は抜けず、庄介は機動隊のほうをにらみつけながら歩いて行った。しかし……機動隊のほうでは、まるで庄介を無視していた。検問もそのままパスしてしまった。これは庄介には大きなショックで、もう俺はこっち側へ分類されてしまったのか、と寂しいような、ホッとしたような、複雑な思いをしたものである。

今、ちょうど、それに似た思いを庄介は味わっていた。

パーティ会場は、立食形式で、えらく賑《にぎ》わっていた。目指す安田友信の顔は分かっている。新藤から渡された封筒の中身を一応は見ていたのだ。

会場をゆっくりと回って行くと、壁際の椅子に腰をおろしている安田を見つけた。大物という印象はない。小柄なただの年寄りだった。用心棒らしいのが、二、三メートル離れた所で突っ立っている。

庄介は別に大して緊張もせずに、安田の隣の空席へ腰をおろした。手にした紙袋の

中へ手を突っ込みながら、

「安田さんですね」

「そうだが、君は……だれだったかな?」

「あなたを殺しに来ました」

庄介は微笑しながら言った。安田がさっと青ざめる。

「君……冗談は……」

「本当ですよ。紙袋の中から銃が狙《ねら》っています」

「じゃ……君が〈踊り屋〉なのか……」

何の事やら庄介には分からなかったが、

「そうです」

と返事をしておく事にした。「騒がずに。死に際はきれいに行きましょう」

我ながら、よくやるわいと思った。安田は額に脂汗を浮かべている。

「君……いくらでも払う……待ってくれ……いくらだ……三千万……五千万……一億出す!」

「お気の毒ですが、一旦結んだ契約は破れません。信用問題ですからな」

「頼む……待ってくれ!」

庄介は袋の中で――買って来たクラッカーの紐《ひも》を引いた。

バン！

びっくりするほど大きな音がして、周囲が一瞬静まり返った。――庄介は目を疑った。安田が苦しげに喘《あえ》いで、胸を押さえながら、椅子から転げ落ちたのだ。

「キャーッ！」

悲鳴が上がり、大混乱になった。庄介は人ごみをかき分けて出口のほうへと突っ走った。

廊下へ出た時、隣の部屋でもワッと騒ぎが起こって、人々が廊下へ飛び出して来た。一体何事だ？――呆然としていた庄介は、急に目の前に銃口が現われてギョッと目をむいた。黒いスーツの、左の頬に傷跡のある男だ、そこへ、

「何するんです！」

と飛び込んで来たのは、アタッシェケースを持ったドンだった。

「この人をどうして……」

「どきなよ、ドン」

と傷のある男が言った。「こういう筋書きだったのさ。安田をこいつが、八木を俺がやって、こいつ一人の罪にする。金も払わずに済むってわけだ」

「そんな……汚いじゃねえか！」

叫んでドンはつかみかかって行った。銃声がして、巨体が揺らいだ。

「ドン！」

思わず庄介が叫んだ。ドンはよろけながら傷のある男へ組みついた。

「逃げなせえ！　早く！」

ドンの声に、胸をつかれる思いだったが、庄介は廊下を一目散に走った。ロビーへ飛び出したところで、誰かが腕をつかんだ。振り向いて、庄介は仰天した。

「進藤！」

「課長！　申し訳ありません！」

進藤は泣き出しそうな顔をした。「課長や奥さんを騙《だま》して……」

「何だと？」

「早く！　早く行って奥さんを助けてあげて下さい！」

「貴子がどうしたって？」

「八一四号室です。今頃、河野部長に手込めにされて――」

「何だって！」

詳しく聞いている暇はない。庄介はエレベーターのほうへとふっ飛んで行く。ちょうどその時、高見警部補たちがロビーへ走り込んで来た。

踊り屋は、進藤を捜そうと、一階へ降りて来た。エレベーターを降りると、入れ違いにもの凄《すご》い勢いでエレベーターへ駆け込んだ男がいた。

「今のは……」

ハッと振り向いた時は、もう扉が閉じてしまっていた。

「今のは俺だ」

エレベーターの指針が八階で停まった。踊り屋は隣のエレベーターへ飛び乗ると八階へと戻って行った。

エレベーターを降りると、部屋のほうへと駆け戻る。――隣の部屋のドアが開いていて、中から、

「やめろ！　助けてくれ！」

と男の声がする。聞き覚えのある、あの河野という奴の声だ。踊り屋はドアの所へ近付いて、そっと中を覗き込んだ。

もう一人の自分が、素っ裸の河野を叩きのめしている。河野のほうはもうグロッキー。

「この野郎！」

とかけ声もろとも食らったパンチで完全にのびてしまった。貴子のほうは裸の体に毛布を抱き寄せて、震えていたが、

「あなた！」

と裸のまま飛び出して来て、夫の腕の中へ飛び込んで泣いた。

「もう大丈夫……大丈夫だよ！」

と慰めると、やっと貴子は泣きやんで、

「怖かったわ！……でも、私、抵抗したのよ。本当よ！　身を任せたりしなかったのよ！」

「分かった。信じるとも！」

二人は固く唇を重ねた。

「……シャワーを浴びて来るわ。それから部屋へ戻りましょう」

「ああ、ここにいるよ。こいつが気が付きそうになったら、またのしてやる」

貴子が浴室へ入って行くと、庄介は大きく息を吐いてベッドに腰かけた。

踊り屋は部屋へ入って、

「やあ」

と声をかけた。

二人はじっと顔を見合わせた。

「なるほど似てるもんだ」

と踊り屋が言った。「これじゃ、間違えられるのも無理はねえ」

「君は……殺し屋なんだろう」

「そうだ。あんたは課長さんだってな」

「死ぬ思いだったよ、こっちは」

「殺しのほうはどうしたんだ？」

「真似だけしたら、相手が発作を起こしてのびちまった。……どうなったかな。しかし、最初からこっちも殺される事になってたようだよ」

「ほう？」

踊り屋は、庄介の要領を得ない説明を聞くと、すぐに状況を察した。

「――なるほど、分かったよ。金を払いたくない依頼主がよく使う手だ」

「もうこんな事はごめんだよ！」

踊り屋は笑って、

「それは気の毒だったな」

「君は……僕の代わりに……」

「うん。あんたの奥さんを抱かせてもらったぜ」

「何だと！」

庄介はベッドから立ち上がった。「貴様……」

「まあ待てよ。何もあんたの奥さんは浮気したわけじゃない。俺の事をあんただと信じてたんだからな」

「しかし――」

「それで奥さんを責めちゃ酷《こく》だぜ。――俺は奥さんにちょっと惚《ほ》れちまったよ。いい女だなあ、本当に。いや、本当の話、あんたの身替わりをずっと続けようかとまで思ったんだぜ」

「僕を殺す気か！」

と庄介は青くなった。

「安心しろ。やめたよ」

と踊り屋は言った。

「俺にはサラリーマンなんて仕事は向いてねえ。社長の命令で女房まで提供しなきゃならねえなんて。これに比べりゃ殺しの仕事のほうが、よほど楽ってもんだ」

「社長の？……そうだったのか！」

庄介はガックリと肩を落とした。

「会社のためとか社員のためとか、えらくわずらわしいもんだなあ。俺はいくらいい女のためでも、そんなしがらみに縛られるのはごめんだぜ。――あんたもまあ、一からやり直すんだね」

庄介はじっと踊り屋の顔を見た。

踊り屋は、浴室の方へちょっと目をやって、

「じゃ、奥さんが出て来ねえうちに退散するよ。――もう会いたくないもんだな」

「全くね！」

二人は思わず笑った。

踊り屋は廊下へ出て、隣の部屋へ入って行くと、まだ気を失っている河野の夫人をかついで廊下へ放り出した。そして自分のアタッシェケースを手に廊下へ出た。

目の前に、頬に傷のある男が立っていた。拳銃を構えてニヤついている。

「踊り屋さんよ。ここでお前の運も終わったぜ」

隣のドアが開いて、庄介が顔を出した。チラッとそっちを見た男が目をむいて、一瞬ポカンと棒立ちになる。すかさず踊り屋の足が相手の拳銃をはじき飛ばす。

「ウッ！」

と唸《うな》って手を押さえるところを、今度は力一杯手刀が喉へ飛んだ。男は二、三メートルふっ飛んで仰向けに倒れたきり動かなくなった。

「助かったぜ」

「よかった……。こいつはドンを撃ったんだ。──その女は？」

「そっちでのびてる奴の女房だ」

「そうか。じゃ、ちょうどいい。こいつを廊下へ出そうと思ってドアを開けたんだよ」

「どうも似たような事を考えるなあ」

と踊り屋は笑って、

「じゃ失敬するぜ。あんたも面倒な事に巻き込まれないうちにこのホテルを出ろよ」

「そうするよ」

庄介は行きかけた踊り屋へ、ふと思いついて声をかけた。

「──あ、そうだ。仕事の準備金として百万もらってるんだがね、どうしよう？」

「迷惑料にもらっとけよ」

そう言って、踊り屋はエレベーターのほうへ足早に歩いて行った。

「畜生！　どうなってるんだ？」

高見警部補は喚《わめ》いた。「八木は撃たれて死んだが、安田は心臓発作で死んだ。八木を撃った〈サソリ〉の奴は八階で首の骨を折られて死んでる。他にあの大男が重傷……」

「いいじゃないですか。そのドンの奴の自供で、新藤を逮捕できたんですから」

「全部、奴が仕組んだ事なんだな？」

「そうらしいです。踊り屋に安田を殺させ、サソリに八木を殺させておいて、サソリが踊り屋をやる、という手はずだったようですね。要するに踊り屋はコケにされたようなもんで」

「新藤め、甘く見て、逆に踊り屋にしてやられたんだろう。しかし、踊り屋の奴はどこへ行ったんだ？」

「さあ……」

「どんな奴なんだ？　どんな顔なんだ？」

「さて、分かりませんね。新藤は何も知らないと言い張るでしょうし、ドンの奴も、踊り屋のこととなると口をつぐんでしまうので……」

高見はため息をついた。

「また分からずじまいか、畜生！」

そして、ふっと思いついたように、「そう言えば八階の廊下で気絶してた裸の夫婦、ありゃ何だ？」

「さあ……。たぶん、頑張りすぎて気を失ったんじゃないですか？」

「廊下でか？」

高見は目を丸くした。

「ああ、あなた……」

貴子は息を弾ませながら、夫の胸へ頬をのせた。

「素敵だわ！……昨日もまるで別人みたいに凄かったけど、今日はそれ以上だわ！」

庄介はニヤリとして妻を抱きしめた。

「見ろ！　俺の勝ちだ！」

「え？　何の事？」

「いや、何でもない……」

庄介はやさしく貴子の唇を唇で覆った。

この作品は1981年11月に刊行された角川文庫を底本にしました。なお、本作品はフィクションであり実在の個人・団体などとは一切関係がありません。

徳間文庫

一日《いちにち》だけの殺《ころ》し屋《や》

2013年8月15日 初刷

著者 赤《あか》川《がわ》次《じ》郎《ろう》

発行者 岩渕徹

東京都港区芝大門二―二―二〒105―8055

発行所 株式会社徳間書店

電話 編集〇三(五四〇三)四三四九
販売〇四八(四五一)五九六〇

振替 〇〇一四〇―〇―四四三九二

印刷 凸版印刷株式会社

製本 ナショナル製本協同組合

ISBN978-4-19-893723-2 (乱丁、落丁本はお取りかえいたします)